살구빛 오후

살구빛 오후

초판 1쇄 인쇄 | 2018년 8월 13일
초판 1쇄 발행 | 2018년 8월 23일

지은이 | 노혜숙
펴낸이 | 지현구
펴낸곳 | 물레
등 록 | 제 406-2006-00007호
주 소 | 경기도 파주시 광인사길 223
전 화 | (031)955-7580~2(마케팅부) 955-7585~90(편집부)
전 송 | (031)955-0910
전자우편 | thaehak4@chol.com
홈페이지 | www.thaehaksa.com

값은 뒤표지에 있습니다.

ISBN 978-89-88653-62-3   03810

살구빛 오후

노혜숙 지음

프롤로그: 끝이 아니라 시작이다

퇴임을 앞두고 그동안 발표했던 글들을 모았다. 참 세월이 빠르다는 생각이 든다. 35년이라는 시간이 이렇게도 빨리 지나가다니! 그러나 나는 퇴임이 끝이 아니라고 생각한다. 그동안 살아보니, 문 하나가 닫히면 또 다른 문이 열리더라. 그래서 새로운 시작에 대한 설레임이 더 많다.

항상 바빠서 사랑하는 사람들에게 사랑을 표현하지 못한 것이 후회된다. 이제부터 그 사랑을 시작하고 싶다. 나의 거처가 일산 호수공원 근처인데, 그곳은 사시사철 계절이 아름답다. 그곳에서 사랑하는 여러분들을 기다리고 있겠다.

80년대부터 지면을 통해 발표했거나 방송한 원고, 그리고 여러 단체에서 간증했던 글들을 모았다. 내용을 이해하는데 도움을 주고자 원고 끝에는 연도를 표기했다.

2018년 7월
호수공원에서

차례

하나, 살구빛 오후

둘, 내가 사랑한 중국, 중국문학

셋, Thank you, My Lord

하나,

살구빛 오후

살구빛 오후

캐나다에서 친구 K가 귀국했다. 조카 결혼식에 참석하기 위해서였다. 그러나 그의 귀국전화를 받고도 한참이나 지나서 우리는 만날 수 있었다. 늦은 가을 어느 날, 더 이상 늦으면 가을이 다 가버린다고… 우리는 부랴부랴 고모리 저수지를 향해 떠났다. 친구 K와 Y 그리고 나, 환갑을 바라보는 나이 든 여자들이었다.

고모리 저수지를 향해 가는 길에 다가오던 만산홍엽의 가을 산들은 필름이 바뀌듯 획획 스쳐 지나갔다. 보고 싶은 친구를 만난 것이 가슴이 벅차다. 그래서인가? 만추의 가을 속을 달려가는 우리들의 마음은 이미 우리들의 것이 아니었다.

가을비가 추적추적 내리는 산길을 돌아 돌아 차가 낙엽 위를 지나는 기분 좋은 소리를 들으며, 고모리 저수지에 도착하니 한적한 고요함이 우리를 맞았다. 한 번 왔었던 식당 앞에서 낙엽을 주우며 사진도 찍고 비가 내리는 저수지를 내려다보기도 했다. 친구 K가 좋아하는 청국장 정식을 맛있게 먹고, 친구들이 커피를 후식으로 시키는 동안 나는 차 종류라고 적혀있는 메뉴판에서 시 제목 같은 '살구빛 오후'라는 이름을 발견했다. 이게 무슨 차일까? 궁금한 마음에 주문을 했다.

따뜻한 유리 주전자에 살구빛의 차가 담겨져 나왔다. 봄에 먹어 보았던 살구의 색깔보다는 좀 더 진한 살구빛이었다. 주홍빛 보다는 엷은 고동색에 가까웠다. 한참을 유리 주전자 속의 차 빛깔을 쳐다보고 있었다. 정말 깊고 매력적인 색이었다. 차를 한 모금 맛보니 따뜻하고 깊은 향이 입안에 가득했다.

"얘들아! 이 차 맛 좀 볼래? 정말 기가 막히다."

K가 한 모금 마시더니

"음, 정말 향이 독특하다. 가을 낙엽 냄새 같기도 하구."

"너도 한번 먹어봐."

Y에게 차 한 모금을 권했다.

"그런데 왜 이 차 맛이 이렇게 애달프지?"

그 애달프다는 말에 내 가슴이 쿵하고 내려앉았다. 아

까 내가 마셨던 차 맛에서 아직도 혀끝에 남아있는 알 수 없는 어떤 맛이 바로 애달픔이라는 Y의 소리와 중첩음이 되어 내 가슴에 들려왔기 때문이다. '살구빛 오후'의 시음회는 주절주절 계속되었다.

"약간 떫기도 해."

"화하기도 한데. 아무튼 오묘해. 꼭 늙은 창부의 노래 같기도 하구."

대학 때 부터 시를 잘 쓰던 Y의 시 제목 같은 한마디였다. 늙음? 내 시야가 툭 트여왔다. '살구빛 오후'는 바로 우리들이구나. 애달프고, 약간 떫기도 하고, 때론 화하기도 하고 그런 '살구빛 오후'의 차 맛. 그것은 나이 든 우리들의 노랫 가락이었다.

요즘 부쩍 나이를 계산하는 횟수가 늘었다. 그리고 보니 창밖으로 보이는 비가 그친 구름 속에 가려진 해도 중천을 지나 약간 기울어진 것이 석양에 가까웠다. 꼭 내 나이 쯤 되어 보이는 해가 사라질 듯 말 듯 하늘 저편 가에 걸려있었다.

돌아오는 길은 가을의 깊은 맛을 더 느끼기 위하여 강릉 수목원 길을 지나기로 했다. 가을은 깊어 가고 있었다. 세월이라는 상념에 잠겨있던 내 입에서 잘 익은 가을이 우리 같다고 하니, 캐나다에서 사업을 하는 K는

"여자 나이는 다이아몬드 캐럿 수와 정비례 한다"며 우리를 다이아몬드 60캐럿의 여자들이라고 했다. 우리들의 나이는 아름답고 반짝이는 다이아몬드였다. 강릉 수목원 길의 만산홍엽은 여름날 수목의 푸르름보다 더 아름다웠다. 정말 볼만했다.

나이 드는 것이 부끄럽지 않다. 나이를 의식한 것이 얼마 안 된다. 내 나이가 몇 살인가가 나의 뇌리를 두드리던 그 시점은 큰 딸이 결혼하고 나를 떠나가던 때였다. 처음으로 내 나이를 계산해 보고 소스라치게 놀랐다. 어머! 이제 노인이네. 딸의 결혼과 더불어 찾아온 인생의 사추기는 꽤 오래 갔다.

대학교 스승님은 정말 고상한 시인이셨다. 나이가 들으셨음에도 차분한 미소와 낭랑한 목소리가 참 아름다우셨다. 어떤 친구가 그분께 질문했다.

"교수님, 나이가 드시는 게 아쉽지 않으세요? 다시 젊어지고 싶지 않으세요?"

그분은 말했다.

"아니요. 절대 젊은 시절로 가기 싫어요. 젊음의 방황과 고뇌가 너무 아파서 그때로는 돌아가기 싫어요."

그 시절에는 그분의 말을 이해하지 못했다. 이제야 스

승님의 말이 이해된다. 아무것도 정해진 것이 없어서 불안하던 젊은 시절, 내 앞날이 불안해서 잠 못 들던 밤들은 또 얼마나 많았나! 누군가 무심코 던진 말 한 마디에 상처입고, 미움으로 날 밤을 새운 날은 얼마나 많았나! 젊음은 열정이 있었지만, 혹독한 고뇌의 바람이 세차게 불었던 세월이었다.

지금 나는 젊은 시절 보다 많은 것을 갖고 있다. 두 딸과 사위와 손녀, 형제들, 친구들. 나를 사랑해 주는 사람들이 많이 있다. 그들과 함께 살았던 나의 지난 시간들이 참 귀하다는 생각이 든다. 그들을 사랑했던 시간들이었기 때문이다. 후회하지 않을 자신이 있다. 열심히 사랑했기 때문이다.

내 가슴에 붉게 타오르던 정열은 사라졌지만, 이제는 내 가슴이 고상한 살구빛 사랑으로 성숙해 있다. 용서, 인내, 이해심. 이것은 젊은 시절에 나에게 없던 것들이다. 나의 시계가 지금 해가 기울기 바로 전 서쪽 하늘가인 것도 알겠다. 그러나 나는 마음이 편안하다. 살구빛 오후는 내 인생의 가장 찬란한 시기이다. 가장 맛있는 차 한 잔의 맛이다. 늙은 여류시인의 미소처럼 잘 익은 아름다움이다. 다이아몬드 60캐럿의 보석이다. (2017)

밤바다

우리는 여름휴가를 동해로 가기로 했다. 동해는 우리 식구들이 여름마다 즐겨 찾는 곳이다. 물이 맑기도 하지만 인근에 좋은 산들이 많기 때문에 산과 바다를 함께 감상하는 장점이 있다. 그리고 또한 우리 식구가 모두 좋아하는 싱싱한 해산물을 먹을 수 있다는 것도 커다란 이유 중에 하나였다. 우리라고 하면 이제 식구가 늘었다. 작년에 결혼한 큰 딸네 부부와 막내딸, 그리고 나였다. 큰 딸네는 대전에서 출발하고 막내딸과 나는 일산에서 출발하여 속초에서 만나기로 하였다. 자기네들 계획도 있으련만, 사위는 처갓집 분위기를 존중해서 동해에서의 휴가를 동의해 주었다.

오후 느즈막에 대전과 일산에서 집결한 식구들은 좋아하는 해산물을 찾아 대진항을 찾았다. 아뿔싸! 사위의

살구빛 오후

젓가락 움직임이 더딘 것이 눈에 띄었다. 해산물을 특별히 좋아하지는 않는다는 사위의 이야기를 듣고, 나는 아연실색했다. 장모답지 못하게 새로운 식구의 기호도 물어볼 생각을 못했다. 참 미안했다. 처음 하는 장모 노릇이라서 그런가 보다. 내일 저녁은 사위가 좋아하는 산채비빔밥 정식을 먹기로 하고 얼렁뚱땅 미안함을 상쇄시켰다.

저녁을 먹고 난 후, 큰 딸의 제안으로 바닷가 근처의 찻집에서 차를 마시고 숙소로 돌아가기로 했다.

"엄마, 작년에 갔던 그 찻집에 가요."

바닷가 그 찻집, 참 운치가 있었다고 기억된다. 속초에 간다고 했더니, 친한 선배가 추천해준 찻집이었다. 비가 부슬부슬 내리는 밤길을 사위가 운전하는 차를 타고 도착했다. 휴가철이라서인지 피서객들로 꽉 차 있었다.

비 내리는 속초 앞바다가 어둠 속에서 보였다. 파도가 일렁이는 게 보였다. 하얗게 부서지는 물결도 보였다. 그리고 밤바다의 운치가 가슴 가득 다가오며 마음이 포근했다. 바다는 밤이나 낮이나 이렇게 가슴을 활짝 열도록 하는 관대함이 있구나 감탄을 했다. 비가 그치니 멀리 고깃배의 불빛도 보인다. 꼭 그림 같은 밤바다의 모습에 나도 모르게 환호성을 질렀다.

"얘들아! 저기 고깃배가 보인다. 오징어잡이 배들인가
봐."

"엄마, 작년에 왔을 때도 고깃배들이 있었잖아, 고깃
배 불빛을 보고 선형이와 내가 흥분했더니… 엄마는 대
꾸도 안하고, 멍하니 계시더구만."

'그랬던 거 같기도 하다. 맞아, 그랬어' 작년에 이곳에
서, 두 아이는 밤바다를 보며 시끄러웠었다. 셀카를 찍
기도 하고, 친구들과 핸드폰을 하며 즐거워했었다. 그러
나 나는 밤바다의 고깃배 불빛이 보이지 않았다.

남편은 휴가 때마다 나와 두 딸을 데리고 설악산과 동
해안을 여행했다. 글을 잘 쓰는 큰 딸과 그림을 잘 그리
는 둘째 딸은 자연이 큰 자산이라고 자연을 많이 보아야
한다며 신나게 산과 바다를 달렸다. 남편이 작고하고 다
음해 여름, 동해안 여행이 걱정이었다. 내가 운전을 못
하기 때문이었다. 그러나 아버지가 안 계신다고 여름휴
가를 생략하고 싶지 않았다. 기차를 타고 두 딸과 함께
동해안을 갔다.

두 아이와 속초 앞바다를 바라보던 지난여름! 왜 그렇
게 쫓겼을까? 아빠도 없이 딸 둘과 나. 컴컴한 밤만 보

였다. 그 날, 두 아이는 신나게 밤바다를 향해 셀카를 찍어댔다. 나는 어두워지는 밤바다가 두려웠다. 과년한 두 여자 아이를 데리고 숙소로 돌아가야 하는 부담감에 아무것도 보이지가 않았다. 이 바닷가 찻집에서 어떻게 숙소로 돌아가야 하나? 가슴은 컴컴한 밤바다를 향해 마음이 꽉 닫혀 있었다.

그 해 겨울에, 다시 혼자 동해안을 갔다. 무엇에 지쳤는지는 생각나지 않는데, 지친 심령에 혹시 옛날의 추억을 통해 용기를 얻을 수 있을까 하는 마음으로 찾아간 속초 앞바다. 여전히 밤바다는 컴컴했다. 계절이 겨울이라 그런지 밤바다는 더욱 칠흙 같았다. 나는 두 딸과 왔었던 바닷가 찻집에 앉아서, 겨울 바다를 바라보며 마음을 추스리려고 했었다. 그러나 컴컴한 겨울 바다가 두려워서 고개도 들지 못하고 차탁만 호벼 파고 있있다. 먼 길을 떠나오니 내 가슴은 온통 두 딸의 모습만 가득했다. 아빠 없이도 잘 살아가는 두 딸이 감사했다. 문제는 나다. 이렇게 엄마가 방황하고 다니는 것을 알면 딸들이 얼마나 실망할까? 그 날도 나는 밤바다를 향해 마음이 닫혀 있었다.

오늘은 안 그러네. 왜 그럴까? 식구 하나가 늘어서인

가? 우리 식구에게 남자가 생겼다. 운전 잘하고 친절한 사위. 항상 큰 딸의 손을 잡고 다니는 든든한 사위가 생겼다. 사위도 두 딸과 더불어 재미있게 수다를 떨며 셀카 사진을 찍고 있는 모습이 보인다. 내 마음이 따뜻해져 온다. 한 식구의 출현으로 인하여 그동안 한쪽으로 일그러져 있던 우리 집의 모양이 반듯하게 균형이 잡혔다고나 할까? 나도 어린애 마냥 속초 앞바다를 바라보며 환호하고 있었다. 아무 걱정이 없었다. 내 등이 가벼워졌다. 속초 앞바다의 파도가 보인다. 고깃배의 불빛도 보인다. 숙소로 돌아가는 차 안에서 사위가 말했다.

"장모님, 오늘 찻집이 참 좋았어요. 밤바다가 참 운치 있던데요. 또 가고 싶은 곳이 있으시면 말씀하세요."

"응, 김 선배가 추천하신 찻집이 또 한 군데 있어. 속초에서 더 북쪽으로 가야 하는데, 호젓하긴 하지만 정말 운치 있대."

"네, 내일 저녁 산채비빔밥 먹고 모셔다 드릴께요."

나는 즐거운 마음으로 숙소로 돌아 왔다. 그리고 침실까지 다가와 있는 밤바다를 바라보고 있었다. 고깃배 불빛은 보이지 않고, 대신 달빛이 밤바다를 비추고 있었다. 달빛이 바다 위를 걸어서 내 가슴으로 들어오는 듯하다. 보인다. 모든 것이 보인다. 바다 위의 파도도, 저

백사장도, 달빛도… (2017)

천사 유진

유진은 나의 첫 번째 외손녀이다. 큰 딸이 다소 나이가 들어가면서 결혼은 언제 하려나 걱정을 할 즈음에, 결혼을 하겠다고 해서 정말 기뻤다. 그리고 결혼한 지 1년이 지나고 왜 좋은 소식이 안 올까 하며 걱정이 슬며시 찾아들 그때에, 임신 소식을 전해왔다.

그리고 열 달 후, 유진을 만났다. 분만실에서 간호사가 안겨준 신생아 유진이. 가슴이 콩닥콩닥 뛰며 정신없는 감격이 휘몰아쳤다. 생명의 고귀함은 말로 형용할 수 없을 감동이었다. 그 후 마음의 평정을 찾고 다시 유진을 내려다 보았다. 누구를 닮았나? 눈매가 횐칠하게 찢어진 것이 엄마 눈과는 달랐다. 그러나 얼굴 전체 윤곽이 미인인 엄마와 판박이였다. '나중에 꽤나 예쁘겠구나' 흐뭇한 생각이 들었다. 그러나 내 입에서 나온 말은,

"어머! 할아버지 닮았다."

눈매가 쭉 찢어진 것은 사위 눈매였기 때문이다. 사위는 아버님이신 사돈어른을 많이 닮았다. 참 씨도둑은 없구나, 감탄에 감탄을 했다.

유진은 딸만 둘인 외로운 우리 집에 하나님이 보내주신 위로의 선물이었다. 유진을 보고 있으면 세상 시름을 모두 잊게 된다. 그 웃는 모습, 옹알이 하는 모습, 뒤뚱뒤뚱 걷는 모습이 꾸밈없고 절실한 한 생명의 감동스러운 성장이기 때문이다. 그리고 한 어린 생명 안에 그를 사랑한 두 가문의 유전자가 숨 쉬고 있음을 느낀다. 복합 생명체였다. 어느 때는 엄마를 쏘옥 닮기도 하고, 몇 개월 지나서는 영락없는 아빠의 모습이었다.

큰 딸은 어려서부터 미인소리를 많이 들었는데, 유진이의 갸름한 얼굴 윤곽에서부터 조그맣고 함초롬한 입술이 영락없는 엄마 모습이었다. 그러다가 어느 날, 울고 있는 유진의 모습이 예뻐서 핸드폰으로 사진을 찍었다. 그리고 사진 속에 나타난 유진이는 아빠를 너무나 닮아 있는 것이 아닌가? '아빠랑 똑같구나.' 유진이는 칠면조마냥 그 모습이 자꾸 변해갔다. 투톤의 의상을 입고 있으면 햇빛이 밝은 곳에서는 푸른색이, 그늘에서는 보라색이 보이듯이 말이다. 그 어린 미소 속에 아빠 엄마의 모습이 아름답게 물들어져 있었다.

추석에 시댁에 다녀온 딸 내외가 왔다.

"엄마, 어머님이 유진이가 자라니까 미국 이모를 닮았대요. 그리고 뒤통수는 시누이를 닮았대요. 머리 모양이 정말 시누이와 같은 것 같아요. 참 유진은 닮은 사람도 많죠?"

나는 속으로 피식 웃었다. 유진이 태어나던 날, 안사돈은 갓 태어난 유진을 안고,

"어머, 외탁했구나 외할머니 모습이 보이네."

그러셨다. 나는 유진이가 친할아버지를 닮았다 하고, 안사돈은 외할머니를 닮았다며 주고받는 칭찬에 웃음이 가득했었다. 그런데 지금 또 미국 이모니, 고모라니? 이모 닮는 경우도 있고, 고모 닮는 경우도 있지. 없지 않지, 그러면서 자꾸 웃음이 나왔다.

작년 연말, 미국에서 둘째 딸이 귀국했다. 시동생 내외분들, 조카들과 함께 식사를 했다. 이때도 유진은 단연 톱스타였다. 그리고 그분들은 이구동성 유진이가 외할아버지를 닮았다는 것이다. 눈매가 외할아버지, 몇 년전 작고하신 문형 아빠랑 똑같다는 것이다. 그것은 말하지 않고 내 마음속에 조심스럽게 간직하고 키워오던 생

각이었다. 어느 때는 기가 막히게 유진에게서 외할아버지의 눈매가 보이는 것이다. 그것을 알았을 때, 나는 문형 아빠를 처음 만났던 순간처럼 가슴이 후끈하고 달아올랐다. 그리고 벅차면서도 기뻤다. 유진은 아마도 하나님이 나에게 보내신 천사일지도 모른다는 생각이 들었다.

큰딸의 어린 시절 아빠와 함께 정원에서 찍은 사진이 있다. 아빠는 반바지에 런닝셔츠, 그리고 문형은 한 마리 나비를 들고 있었다. 어디서 잡았을까? 아마 아빠가 잡아주었던 것 같다. 그 사진 속의 부녀는 닮은꼴이었다. 아빠를 똑 닮은 큰딸과 자기 엄마를 똑 닮은 유진이. 구별이 안 된다.

유진이가 거실에서 장난감을 가지고 놀고 있다. 햇빛이 따스하게 비추는 거실 한 켠에서 천연덕스럽게 놀고 있는 유진이의 모습 위로 남편의 생전 모습이 오버랩 되었다. 남편은 10년간이라는 시간을 투병하다가 몇 년 전 작고하였다. 나는 식탁의자에 앉아 유진을 보며 남편 생각을 하고 있었다. 남편이 살아서 유진이를 보았으면 얼마나 좋아했을까? 그렇게 사랑했던 딸에게서 태어난 손녀가 자기를 닮았다는 것을 알면 얼마나 좋아했을까? 왜 그렇게 서둘러 하늘나라로 갔는지 모르겠다. 조금만 더 살았으면, 이 소소한 행복이 얼마나 큰 행복인 것을 알았을 텐데…

유진은 아직도 밝은 햇빛 아래에서 무엇인가에 몰두하며 만들고 있었다. 평화로운 모습이다. 그 평화로움이 마치 하늘에서 날개를 달고 내려온 천사와 같다. 거기에다가 외할아버지의 눈매까지 닮은 천사라니! 외할아버지 뿐인가? 할아버지, 할머니, 아빠, 엄마, 고모, 이모 그리고 외할머니 모습까지. 자기를 사랑하는 모든 사람들의 미소를 다 담고 방긋방긋 웃고 있다. 유진이는 천사이다. (2017)

동강 리더십

    지난여름, 학생들과 함께 강원도 평창으로 여름 수련회를 다녀왔다. 수련회 둘째 날은 동강에서 래프팅을 하기로 예정되어 있었다. 학생들은 둘째 날로 예정된 래프팅에 많은 흥미를 보이고 있었다. 나는 당초 동강 래프팅을 신청하지 않았다. 그러나 학생들과 함께 수련회에 참가하면서, 그들의 열정과 미래를 향한 도전의식을 공감할 수 있었다. 여학생들이지만 동강 래프팅에 큰 기대를 걸고 도전해 보고자하는 용기에 내가 전염되었다.

    둘째 날, 동강의 하늘은 쾌청했다. 우리들은 구명조끼와 헬멧, 그리고 패들을 부여 받았다. 그리고 동강의 아름다운 계곡을 따라 급류를 타면서 하류로 내려가고 있었다. 이때까지는 정말 좋았다. 승선 전에 몇 분간 패들 젖는 법을 연습하긴 했지만 서툴렀다. 파도의 포말이 퍼져 온몸은 벌써 흠뻑 젖어 갔다. 그래도 간혹 맑은 동강 하늘을 쳐다볼 여유가 있었다.

하얗게 솟았다가 내리치는 급류 속에 스릴을 만끽하는 순간도 잠깐, 암초가 나타나면서 보트가 한쪽으로 기울어 우리 쪽에 있던 사람들은 혼비백산했다. 암초가 나타나고 보트가 휘청하니 학생들이 필사적으로 패들링을 하며 단합하는 모습이 보였다. 모두가 같은 방향으로 패들링을 해야 하기 때문에 서로가 서로를 도와야 했다. 그렇게 해서 간신히 위험 상황에서 벗어났다. 나도 젊은 학생들 틈에 끼여 함께 협력했다. 바로 이것이구나. 서로가 힘을 합하고 단합하여 그 위기를 벗어났다. 우리가 하나가 되어서 위기를 극복할 수 있었다. 우리는 몸이 흠뻑 젖었지만 서로를 바라보며 흐뭇하게 웃을 수 있었다.

"휴우…"

우리들 뒤에는 팀의 리더인 조정수가 서 있었다. 젊고 건장한 청년이었다.

우리는 위기를 모면하고 몸이 후끈 달아서 긴장한 채 주변의 파도를 바라보며 전전긍긍했다. 언제 몰려올지 모르는 파도가 두려웠다. 이때 우리 뒤에 앉아 있던 조정수는 자리에서 일어나 저 끝을 바라보고 있었다. 그리고 방향을 정하고 전체 균형을 잡기 위해 자신의 몸을 비틀며 땀을 흘리고 있었다.

제법 기다란 급류가 닥쳤다. 우리들은 두려움에 사로잡혀 패들을 꽉 잡고 움직이지를 못했다. 그때 우리의 리더 조정수의,

"양현 앞" 하는 소리가 들렸다.

빨리 패들링 하라는 것이었다.

급류의 포말 때문에 앞이 안보였다.

우리는 두려움 속에서도 정신없이 리더의 명령에 따라 온몸이 물에 젖으면서 필사적으로 패들을 저어 급류의 계곡을 빠져 나왔다. 위기 상황일수록 리더의 방향 설정과 판단력이 중요함을 느꼈다. 팀원들은 자기가 맡은 일을 수행하느라 전체 방향을 모르는 채 리더의 명령을 따른다.

급류의 계곡을 빠져 나와서도 한참이나 정신이 없었다. 멀리 도착지가 보였다. 기진맥진 패들을 저어 도착지에 도착해서 우리들은 물에 흠뻑 젖은 채 서로를 껴안았다.

"선생님 수고 하셨어요."

"그래, 너네들도…"

전쟁에서 살아 돌아온 병사들 마냥 환호성을 지르는

학생들도 있었다. 겁이 났지만 동강 래프팅에 도전했던 나에게도 환호성을 불러 주고 싶었다.

나는 우리 보다 늦게 도착하여 우리를 쳐다보고 있는 젊은 조정수를 바라보았다. 이 얼마나 놀라운 리더십의 경험인가? 우리 뒤에 서서 우리에게 끊임없이 "패들 세워" "패들 멈춰"를 외치며, 우리를 이곳까지 도착시키기 위해 두 눈을 반짝이며 앞뒤를 보살피고 있었던 젊은 리더. 그는 우리의 우뢰와 같은 박수갈채를 받았다.

언젠가 조정 경기를 관람한 적이 있었다. 그때 리더였던 조정수는 앞자리에 앉아서 팀원들을 향하고 있었다. 팀원들과 바라보는 방향이 틀렸다. 자신의 목표를 가지고 팀원들에게 일방적으로 명령만 하고 있었다. 그러나 래프팅의 리더는 조정 경기 리더와 다르게 팀원들과 같은 방향을 보고 있었다. 쉴새 없이 앞뒤 상황을 살피며 우리의 나아갈 방향을 제시했다.

요즘 국가나 공동체나 리더십의 부재로 힘들어 한다. 그때마다 나는 지난여름 동강 래프팅에서 우리를 안전하게 목적지까지 도착시키기 위하여, 배의 뒤에서 온몸으로 우리를 지키며 패들링을 지시하던 젊은 조정수를 기억한다.

앞으로의 미래는 더욱 다양하고 급격한 환경의 변화 속에 놓여져 있다. 팀의 방향을 정하고, 팀원들을 협력하게 하고, 위기 앞에서 리더십을 발휘하게 하고, 팀원들의 생명까지도 책임지며 항구에 도착해야 하는 리더십이 중요하다. 나는 이것을 동강 리더십이라 부른다.

(2016)

참된 우정과 거짓 사랑

최근에 본 영화 중에서 장률 감독의 〈두만강〉이라는 영화가 참 감동적이었다. 장률 감독은 연변대학 중문과를 졸업한 조선족 감독이다. 그러나 이 영화는 엄밀하게 중국의 6세대 영화에 해당된다. 영화는 중국 역사 속에 그려진 한반도의 비극을 이야기 하고 있다. 즉 중국 땅에서 일어나는 남한과 북한의 이야기이다.

영화는 한쪽은 중국, 다른 한쪽은 북한과 접해있는 두만강의 한 조선족 자치구를 배경으로 하고 있다. 이곳은 탈북하는 북한 주민들이 경유하는 곳이기도 하다. 이 영화의 주무대는 연변 조선족 자치구에 사는 12살 소년 창호의 집이다. 창호의 집은 어머니는 남한으로 돈 벌러 가셨고, 할아버지와 누이 세 식구가 함께 살고 있다.

그의 집에는 가끔씩 밤이 되면, 북한에 사는 정진이라

살구빛 오후

는 소년이 식량을 구하기 위해 두만강을 건너와서 이 집에 들른다. 그는 동생이 영양부족으로 죽어가고 있었고, 식구들이 모두 배고픔에 허덕이고 있다고 말했다. 그때마다 창호 할아버지와 누이는 밥을 차려주고 정진이의 배낭에 가득 쌀을 넣어 보낸다. 창호와 정진은 같은 나이 또래이다. 아직 연변 지역에는 한민족의 훈훈한 인심이 그대로 남아 있었다.

후에 이 마을은 북한 탈북자들로 인하여 여러 가지 어려움을 겪게 된다. 창호 누이 순희는 중국 공안에 쫓기는 탈북 청년을 재워주고 밥을 주었는데 겁탈 당하여 임신하는 불행을 당하고, 집집마다 탈북자들의 소행인 도둑 절도 사건이 극성하자 중국 공안은 탈북자들을 색출하게 된다. 마을 주민들은 같은 민족인 탈북자들을 고발하는 지경이 된다. 조선족 동포와 탈북 주민들은 서로를 증오하며 미워하게 된다.

이 영화의 정점은 둘로 나뉜 남과 북, 둘로 나뉜 조선족과 탈북 주민들 사이의 열두 살 소년들인 창호와 정진이의 우정을 그리고 있다. 정진은 북한에서 볼차기 선수였다. 정진은 창호에게서 다음 날에 아래 마을과 윗마을 소년들의 볼차기 시합이 있다는 이야기를 듣는다. '정진이 네가 있어야 우리 마을이 볼차기 시합에서 이길 수 있다'는 부탁을 받고 북한으로 돌아갔다. 그러나 그날 밤 정진이의 동생은 끝내 배고픔을 견디지 못하고 죽게 된다.

동생이 배고픔에 시달리다가 죽은 다음 날은 창호와 약속한 볼차기 시합 날이었다. 화면에는 꽁꽁 얼어있는 두만강을 건너는 정진의 모습이 보였다. 이때는 이미 두만강 조선족 자치구에는 탈북자들의 절도 사건으로 인하여 중국 공안의 비상이 걸려있는 상황이었다. 두만강을 건너는 것은 목숨을 거는 일이었다. 창호와의 약속을 지키는 것은 목숨을 거는 일이었다. 그러나 정진은 언제 가든 자신에게 밥과 반찬을 차려주고, 동생에게 밥해 주라고 배낭에 쌀을 넣어주던 창호네 할아버지와 순희 누이가 생각났다. 그는 창호와의 약속을 어길 수가 없었다.

약속대로 볼차기 시합은 시작되었고 중반이 지나갈 쯤에 동네 주민의 신고로 정진은 중국 공안에 잡혀간다. 그것을 지켜보고 있던 창호는 옆 건물로 올라가서 투신을 한다. 창호는 정진이가 자기와의 약속을 지키기 위하여 목숨을 걸고 두만강을 건넌 것을 알고 있었다.

이 장면에 대하여 많은 영화 비평가들은 너무 작위적이라고 지적을 한다. 그러나 장률 감독은 '창호와 정진의 우정은 그 계단을 다 뛰어 넘은 것'이라고 대답했다. 즉 정진이가 목숨을 걸고 약속을 지켰으니, 창호도 목숨을 거는 것이라는 의미이다.

창호와 정진의 진실한 우정 앞에 눈물이 흘렀다. 그 우정이 너무 진실해서 감동적이었다. 남한과 북한의 어른들이 창호와 정진이처럼 진정성 있게 자신을 던지는 우정을 나누었다면, 한반도는 이미 통일이 됐을 것이다. 우리의 우정과 사랑은 거짓이었다. 그런 생각을 하니, 계속 눈물이 흘렀다.

극단 프랑코포니의 10회 공연작품은 프랑스 극작가 조엘 폼므라의 〈두 코리아의 통일〉이었다. 이 극단은 주로 프랑스 희곡작품을 공연하였으며, 매년 문제작을 공연하여서 많은 관심을 갖고 있었다. 〈두 코리아의 통일〉이라는 공연 제목이 참 이채로웠다. 프랑스 작가가 그리고 있는 남북통일의 내용이 궁금했다.

그래서 쥬빌리 통일구국 기도회를 이끌고 계시는 이상숙 고문님과 〈두 코리아의 통일〉 연극을 관람하기로 했다. 평소에 고문님께 많은 신세를 졌는데, 이 의미 있는 연극에 초대하고 저녁도 대접하고 싶었다. 연극 내용은 제목과 상관없이 20개의 퍼즐로 되어있는 옴니버스 단막극이었다. 사랑의 여러 가지 유형들이 등장했는데 대개가 불완전한 사랑의 유형들과 가짜 사랑의 유형들이었다.

연극이 끝난 다음에 고문님이 하신 말씀이 참 인상적이었다.

"우리의 사랑이 거짓이라는 것이지. 남한에서 떠들었던 그 사랑이 거짓이라는 이야기야."

나는 지난번에 보았던 영화 〈두만강〉이 생각났다. 우리의 사랑이 거짓이었다는 생각에 울음이 터졌었는데….

연극 내용 중에 기억상실증에 걸린 부인이 남편에게 묻는다. 우리들이 결혼했을 때 어떤 식으로 사랑했느냐고. 남편이 이렇게 대답을 했다.

"우리가 만났을 때 완벽했어. 우리는 헤어졌다가 다시 만나는 두 개의 반쪽 같았어. 멋졌지. 마치 북한과 남한이 국경을 열고 서로 통일하는 것 같았고, 오랫동안 서로 만날 수 없었던 사람들이 서로 다시 만나는 것 같았어."

이 몇 줄 안 되는 말 속에 작가가 말하고자 하는 사랑에 대한 핵심적인 개념이 들어 있다. 하나의 나라가 분단되어 있다가 통일하고 싶어 하는 한국을 메타포로해서, 사랑하면 하나가 될 수 있다는 사랑의 핵심을 전개시키고 있다. 두 개의 반쪽이 하나로 합치되는 것은 완벽한 사랑의 만남이라는 것이다. 하나가 되지 않은 것은 사랑하지 않았다는 것을 말하는 것인가? 창호와 정진처

럼 약속을 지키기 위해 진정성 있게 자신을 던지는 우정
이라면, 남북은 하나가 되어 통일이 되었을 것이다.

　정치인들의 구호로서의 남북통일, 이제는 그런 남북
통일이라는 구호가 빛이 바랬다. 진정성이 없어서이다.
사랑에도 거짓이 있다. (2018)

나도 누군가에게 꽃이 되고 싶다

사람이 사람에게 희망이 된다는 것은 참 아름다운 일이다. 누군가가 내 아름다운 말 한마디에 어려움을 딛고 일어선다면 나는 성공한 인생이다. 성공이 별건가? 내가 누군가에게 하나의 꽃이 되어주는 것이지.

양옥이 언니. 그녀를 오랜만에 기억해 본다. 내가 대학시절을 보냈던 그 시기는 한국의 사회가 불운한 역사를 쓰던 시절이었다. 대학은 가을마다 교문을 닫았다. 계엄령으로 학교 교문은 총을 멘 군인들이 지키고 있었다.

나는 갈 데가 없었다. 용돈이 넉넉하지 않으니 영화를 보러 갈 수도 없었고, 차비가 없으니 어디에고 놀러 갈 수가 없었다. 학교 근처를 어슬렁거렸다. 계엄령이었지만 도서관 이용은 자유로웠다. 도서관에서 많은 책을 빌려 본 기억이 난다. 레마르크의『개선문』, 에밀리 브론테의『폭풍의 언덕』, 알베르 까뮈의『이방인』.··· 어느 날은 도서관에서 연락이 왔다. 전교에서 가장 책을 많이 빌려간 사람에게 주는 최다독상에 선정되었다는 것이었다.

계엄령으로 수업이 없는 강의실은 한적하고 조용했다. 햇빛이 잘 드는 창가를 찾아가서 앉았다. 그리고 하염없이 책을 읽었다. 그런데 희망이 없었다. 졸업하고 뭘 하나? 가끔 친구들을 만나면 우리끼리 떠들었다. 교사 자격증이 나오느냐, 라는 것이 우리의 화제였다. 우리 과가 설립한지 얼마 안 되어서 교사 자격증이 안 나온다는 것이다. 지방학교 교육자이셨던 아버지는 방학이 되어 시골에 가면 "졸업하면 교사 자격증 나온다니?" 하고 매번 물으셨다. 교사 자격증이 당시에는 가장 큰 취업의 희망이었다.

한 학기가 지나, 봄이 되어서야 계엄령이 해제되고 강의가 시작되었다. 그러나 끊임없이 학교 소요는 계속되었다. 어수선했다. 수업이 끝나고 본관 앞 계단을 내려가고 있었다. 계단 옆 벤치에 앉아있던 조교 언니가 내 이름을 불렀다. 초롱초롱한 눈빛과 잘 웃던 조교 언니였다. 양옥이 언니. 우리 과는 선배가 없어서 국사학과 박사 반 언니였던 양옥 언니가 우리 과에 조교 업무를 하고 계셨다. 가끔 교수님을 만나러가던 시간에 마주쳤던 언니가 나를 기억하였다.

"공부를 계속 해봐."

나는 그 말이 무슨 뜻인지 몰랐다.

"대학원에 진학해. 그리고 박사과정에도 도전해봐."

"자신 없어요."

"아니, 넌 할 수 있어."

양옥 언니의 초롱초롱한 눈이 나를 똑바로 쳐다보고 있었다.

장난으로 하는 이야기가 아니었다.

"너 1회잖아."

언니는 나를 꾸준히 지켜봤다는 것이다.

"너는 할 수 있어."

그때 내 안에 불씨 같은 것이 피어나는 걸 느꼈다. 그것은 희망이었다. 내 생애에 처음이었다. 나의 내부에 소망의 씨가 되었던 그 한마디는 그 후 많은 역경도 이기게 해주었다. 어려운 일이 생기면 양옥 언니의 그 한마디가 생각난다. '나는 할 수 있어. 여태껏도 이겼잖아' 자신감 바이러스가 점점 커져간다. 그리고 나를 꽉 채운다. 언니의 그 한마디는 이렇게 내 일생에 꽃이 되어 주었다.

나도 누군가에게 아름다운 꽃이 되고 싶다. 내 말에 용기를 얻고 다시 일어날 수 있는 희망을 주는 것이다. 인간이면 누구에게나 있는 가능성을 스스로는 모른다. 그것을 알려주고 싶다.

그냥 문득 가던 걸음을 멈췄다. 내 수업을 수강하는 K의 얼굴이 보였다. 그네가 울고 있는 것 같은 생각이 든다. 가슴이 서늘하다. 나는 진정 그 아이에게 아무것도 해줄 수 없는가? 오늘 강의 시간에 앞자리에 앉은 K는 얼굴이 푸석했다. 자꾸 눈길이 갔다. K는 지방에서 올라온 학생이다. 성적이 우수해서 계속 학과 장학금을 받고 있다. 그러나 생활이 어려운 K는 저녁에도 아르바이트를 한다. 저녁에 아르바이트를 한 다음 날에는 얼굴이 퉁퉁 부은 얼굴로 맨 앞자리에서 수업을 듣는다. K는 머리가 총명해서 하나를 설명하면 열을 이해한다. 참 아깝다. 총명한 머리로 학업에만 몰두할 수 없는, 그녀의 처지가 안타까웠다.

내일은 K를 만나야겠다. 그녀의 손을 잡아 주고 싶다.

"조금만 참으면 된다. 세상은 바뀌지 않을 거 같지만 바뀐단다. 너 같이 노력하는 사람에게는. 세상은 항상 따뜻한 자리를 양보한단다. 너는 할 수 있어."

그 한마디를 해주고 싶다.

다시 멈췄던 발걸음을 옮기며 하늘을 바라본다. 좌절보다는 용기가 포기보다는 도전이 절망보다는 희망이 인류 역사를 만들어 가는데, 그런 것들은 힘들여 찾는 자만이 가질 수 있다. 그리고 가진 다음에야 그것이 보석임을 알게 된다. (2018)

표선으로 가는 화살표

가을이 끝나갈 때 쯤, 친구 Y의 별장이 있는 제주도 성산으로 여행을 갔다. 가을과 겨울 사이에 낀 한 장의 엽서처럼 불현듯 이루어진 여행이었다. 고즈넉하고 편안했던 별장에서 하룻밤을 자고, 아침에는 귤 밭에서 한 박스의 귤을 땄다. 오전에는 '돌 문화 공원'을 들러 맛있는 옥돔 정식으로 점심식사를 했다. 끝없이 좋았던 제주도 여행이었고, 친구가 베풀어준 멋진 여행이었다. 예전에 제주도 여행 때는 매번 큰 길로만 다녔는데, 이번에는 친구가 제주도 안쪽의 도로로 나를 인도하였다. 제주도 속살이 다 보였다. 갈대가 한 무더기 바람에 쓸려가고 쓸려 일어나는 들판을 가로질러 갔다. 오름의 능선에도 가을이 와 있었다.

"노 선생, 사진에 관심이 있다고 했지. 그러면 김영갑 갤러리 가 봤겠네."

"어머, 제주도에서 내가 제일 가고 싶은 곳이 바로 거기야."

내가 은퇴하고 사진을 찍고 싶다고 카메라를 보러 다니는 것을 친구가 알고 있었다. 어느 장소에서인지 김영갑 작가의 사진을 본 적이 있었다. 구름이 잔뜩 낀 제주도 하늘과 또 바람에 꺾이운 갈대가 꽉 찬 제주도 들판이 담겨진 사진이었다. 검은 구름 때문에 우울함이 꽉 찬 사진 속 제주도는 왜 내 가슴에는 뜨거운 생명의 용트림처럼 남아있을까? 한 번 제주도 두모악 '김영갑 갤러리'를 가 봐야겠다고 생각했었다.

김영갑 갤러리 앞 뜰 두모악은 평화로웠다. 제주도 바람이 불어 왔다가 다시 돌아가는 바람의 잔치마당 같았다. 독특한 액자 속에 담겨진 제주도의 오름과 들판과 갈대와 수많은 풀꽃들의 사진을 볼 수 있었다. 김영갑의 영혼을 순례하고 나온 아릿한 신선함이 가슴에 꽉 차 있었다. 두모악 뜰 앞에 서니 바람이 불어왔다. 바람이 가슴에 안겼다. 내 가슴에 안겨 나를 휘둘아 사라지는 바람. 아! 이게 제주도 바람이구나. 혼자 되뇌었다.

다시 차를 타고 친구의 별장으로 돌아가는 길에 사거리를 만났다. 그리고 우연찮게 보았던 방향 표지판. 사

거리에서 오른쪽 방향을 가리키는 화살표는 표선으로 가는 길이었다. 표선? 나는 화들짝 놀라서,

"여기가 어디야?"

표선이라는 화살표를 본 뒤로 나는 아득한 나락으로 떨어졌다. 그리곤 표선 앞 바다에 빠져서 허우적거리는 나를 보았다. 성산에서 표선이 가깝다는 것을 잊어버릴 정도로 나는 모든 것을 잊고 있었다. 그 표선으로 가는 화살표를 보기 전 까지는.

제주도에 가서 귤 농사를 짓겠다는 그의 선전포고. 나는 듣고만 있었다. 그의 성격상 말려서 되는 일이 아님을 잘 알고 있기 때문이다. 그러나 '그가 제주도로 가는 모든 문제에 무관심 하리라. 아무 것도 도와주지 않아야지.' 속으로 다짐했다. 큰 딸은 싫다고 울며 아빠의 품에 안겼다. 한참을 큰 딸의 울음 섞인 질문을 다 받아주고, 그는 제주도 비행기를 예매했다. 오랜 교직 생활을 은퇴하던 해였다. 그는 늦은 결혼이었고 나와는 나이 차가 있었다.

그는 서울에 오면 가끔 제주도 바람이야기를 하였다. 제주도 바람을 맞으며 땅을 파고 있으면, 온갖 시름이 씻겨 나가는 것 같다는 것이다. 혈압도 내려가고, 혈관

에 낀 기름때 까지도 깨끗해지는 것 같다고 했다. 그는 신나게 이야기 하는데, 허무의 냄새가 뚝뚝 떨어졌다. 나는 마음속으로 제주도 바람을 원망하며 빈정거렸다. '아이들이 어린데 어쩌자고 바람하고 산담' 그가 은퇴라는 시간의 무중력 상태를 부유하고 있던 허허로움을 눈치도 못 챘다.

농장에 자그만 집이 완성 되었다고 해서 둘째 딸과 함께 표선에 갔었다. 귤나무가 있고 또 감자가 심겨진 밭들이 보였다. 집 앞의 조그만 농지는 비어있어서 이곳에 무엇을 심을 거냐고 물으니, 내년 여름에 딸들이 오면 먹을 수 있도록 수박과 토마토를 심을 거라고 했다. 그 소리에 아주 조금 내 마음이 풀렸다. 집만 휑덩그레 있는 그곳에 냉장고를 사고 커튼을 달았다. 제주도 바람이 좋다더니 햇빛도 좋은지 온통 유리문이었다. 주말을 함께 보내고 아빠와 헤어져 서울로 돌아오는 비행기에서 딸은 울고 있었다. 비행기가 이륙하니 컴컴해져 오는 어둠 속에서 제주도 땅이 내려다 보였다.

"저기 저쯤이 표선이야."

어둠 속에서 웅크리고 있는 한라산 밑쯤을 가리키며 딸에게 이야기했다.

"엄마 저렇게 어두운데 아빠가 혼자서 어떻게 농장을

찾아갈까?"

"너네 아빠는 그런 거 무섭지 않은 사람이야. 슈퍼맨
이야. 벌써 농장에 도착했을 걸."

딸의 눈물을 보니, 내 말 속에는 다시 비웃음이 가득
찼다. '아니, 이렇게 아빠하고 같이 있고 싶은 딸을 두
고, 그는 제주도 바람을 껴안고 살아야 하나?' 도무지 이
해가 안 됐다. 창밖의 어둠을 바라보며 딸은 몸까지 바
들바들 떨고 있었다.

"아빠가 혼자서 너무 힘들겠다. 커튼도 다 못 달았는데
한라산 짐승이라도 내려오면 아빠가 무서워 어쩌지?"

어두운 제주도 앞바다를 내려다보며 울던 아이는 지쳐
서 잠이 들었다.

그리고 며칠 후 11월 첫 추위가 서울에 찾아오던 날,
제주도에서 상경한 남편은 짓고 있던 집이 완공검사가
끝났다고 아주 흐뭇해하였다. 그리고 그 날 구청에 볼
일이 있다고 외출한 남편은 일도 못 보고 뇌출혈로 쓰러
졌다. 그는 그날 이후 제주도를 가지 못했다. 나는 남편
이 서울에서 쓰러졌다고 이야기 하지 않고 표선에서 쓰
러졌다고 이야기한다. 긴 긴 투병.

이제 나도 은퇴를 앞두고 있다. 마음속에서 많은 것들을 정리하니 자꾸 자연의 품이 그립다. 햇빛도 바람도 공기도 내 안으로 들어온다. 그동안 무엇이 그토록 꽉 차 있었을까? 이제는 내 속이 널널하다. 바람이 가슴팍에 안겼다가 오랫동안 머물고 휘돌아 나가는 살가움이 다 느껴진다. 내 살갗을 살짝살짝 건드리는 그 바람을 쫓아 나도 발레리나처럼 춤을 추고 싶다.

"여보, 미안해! 너무 외로웠지? 이제 나도 제주도 바람이 좋다오."

다음 번 제주도 여행에는 표선의 그 귤 농장을 가보리라. 표선 앞바다에서 차를 타고 한참을 들어가야 하리라. 검은 제주도 현무암이 널려져 있는 그 들판을 가고 가면 그의 농장이 있으리라. 딸들을 위해서 심어 놓은 수박과 토마토 모종은 지금 몇 개의 열매들이 달려 있을까? 남편이 뱉어놓은 삶의 허무들을 확인하고 싶다. 그의 허무의 잔을 내가 다시 마시리라.

아니다, 그곳은 허무의 땅이 아니고 무욕無慾의 땅일 것이다. 그 바람은 허무의 바람이 아니고 남편의 옷을 벗기운 무욕의 바람일 것이다. 그리고 때 묻은 내 옷도 벗기는 무욕의 바람이 될 것이다. 그곳에서 그 제주도 바람 앞에 서있고 싶다. 내 마음에 찌들어 있는 욕망의 기름때까지 벗겨내 줄, 그 바람 앞에 나도 서있고 싶다.

(2018)

봄

　겨울이 지났다. 두꺼운 옷감에 질량만큼 자기의 질량이 눈금을 더해가고, 모든 것들은 조금씩 먼지를 뒤집어쓴 채 무채색이 되어갔다. 말을 하려면 후두의 온기를 빼앗길까 모두들 침묵이었던 겨울. 겨울이 가면, 봄이 오고, 봄이 가면, 여름이 오고… 사계가 바뀐다는 우주의 법칙도 잠간 잊었었다. 봄이 그렇게 빨리 오다니. 혼자서 중얼거리며 봄을 맞는다.

　그 겨울의 끝, 마지막 라인쯤에 봄이 서 있었다. 봄은 웃지 않았다. 봄은 화려하지 않았다. 그저 신선한 미소로 맞았을 뿐이다. 그리고 조금 가슴이 따뜻했을 뿐이다. 아마 봄의 햇살 탓이었겠지. 그래 햇살 탓이었다. 석웃값의 폭등으로, 저질 연탄 시판으로 더욱 추웠던 겨울이 너무나 길었던 탓이다.

　　　　　　　　　　　　살구빛 오후

봄은 햇살만으로도 춥지 않다. 해토하는 땅 밑으로는 생명조차 움트고 있지 않는가? 생명이라니. 참으로 봄은 환희롭구나. 자제하려고 해도 가슴 염통에서는 붉은 피들이 뜨거운 피돌기를 시작한다. 그러나 자제해야한다. 조금 있으면 다시 겨울에 전호전은 시작될 테니까. 뛰는 가슴을 조금 안정시키고 손을 가슴에 대어본다.

돈이 없어 석유도 살 수 없고, 화력 없는 연탄불이 자꾸만 꺼져서 악몽 같았던 과일 행상 아줌마들 생각이나 하자. 봄은 그것만으로도 환희롭지 않은가. 따뜻한 속내의가 없어 여름 와이셔츠를 몇 벌씩 껴입고 다니던 공순이 아가씨에게는 겨울은 가슴속까지 얼게 했을 것이다. 커피값 인상쯤으로 고통스러운 표정은 부끄러운 제스쳐이다. 그것은 겨울하고는 아무 상관이 없으며 더구나 생명에는 바람 한 가닥의 영향도 없으니까.

겨울은 풍향탑도 없이 황량하게 서있었다. 개미도 뱀도 바람도 구름도 얼음 밑에 동면하고 있었다. 겨울의 토양은 아무것도 배태하고 있지 않았다. 그 겨울은 참으로 오래 계속되었다. 그리고 추억처럼 겨울이 없어지리라. 추억이라니, 드라이플라워처럼 고사한 한 장의 울긋불긋한 천연색 사진 한 장이란 말인가. 겨울은 시간 속으로 용해하여, 역사의 수레바퀴 속에 휘말려 하나의 바퀴살로 남았을지도 모른다.

두려운 미래가 한발 한발 걸어가야 할 디딤돌. 그리고 봄은 조금 어설펐다. 겨울과 봄의 중간기점쯤에서 눈이 내렸는데, 그것은 폭설이었다. 봄을 시샘하는 눈이라고 해도 참으로 너무했다. 사람들은 봄을 맞이하여 아주 얇은 옷들을 입고 있었으므로, 춥다고 와들와들 떨었다.

그날, 나는 이상한 전화 한 통화를 받았다. 전화벨이 기운차게 올리고 조금 후에 수화기를 들었다.

"여보세요? ○○동입니다."

"……"

"여보세요. 누구를 찾으십니까?"

"……"

인기척이 없었다. 잘못 걸린 전화인가하고 수화기를 내려놓으려 할 때, 아주 차분한 여인의 목소리가 들렸다.

"부끄러워요."

"뭐가 말입니까?"

"그저 부끄러워요. 선생님은 부끄럽지 않습니까?"

"뭐가 말입니까?"

"맛있게 밥 먹고, 잠 자고, 똥 싸고, 오줌 싼 것이요."

"네에?"

해괴망측한 여인의 전화 때문에 잠시 정신이 흐려졌다.

"여보세요. 여기는 XX국 XXXX번입니다. 혹시 전화를 잘못 거신 게 아닐까요?"

"아! 전화가 잘못 걸렸군요. 정말 죄송해요. 그럼 전화를 끊겠습니다."

나는 잠시 당황했던 것이 화가 나서 수화기를 향해 소리를 버럭 질렀다.

"화를 내지 마세요. 겨울동안에 우리의 많은 이웃이 정말 춥게 지냈어요. 그래서 봄이 온 것이 기분이 좋아서 친구에게 전화한다는 것이…"

"당신은 도대체 어디에 살고 있는 사람이오?"

내가 퉁명스럽게 묻자,

"저요? 저는 봄이에요."

그러나 우리가 명심해야 하는 것은 자제하는 일이다. 봄이 가면 또다시 겨울이 다가 오는 것은 거대한 우주의 운행 원리이니까. 그러나 분명 봄은 스타트 라인이다. 시작은 얼마나 엄숙하고 아름다운가. 한 다발의 꽃묶음이라도 가슴에 안고, 가망 없는 희망이라도 연기할 수 있는 원형의 무대. 겨울을 잊지 말고, 겨울을 용서하자. 그것은 시작하는 자의 자신 있는 사랑이다. 전화가 찰깍

끊겼다. 아까까지 당황했던 정신이 조금씩 의미를 향해
한데 뭉치는 것 같았다. 창밖을 보니 폭설이 내리고 있
었다. 그 폭설이 봄의 따뜻한 햇살에 녹고 난 다음에는
정말 화창한 봄이 오겠지. (1980)

주홍빛 이름 (1)

　레나Rena 얼마나 오랜만에 불러보는 이름입니까? 당신의 이름은 미야. 지금은 미선이 엄마. 그러나 나의 가슴에 남아있는 이름은 분명 레나. 주홍빛 아름다운 이름입니다.

　여학교 때 우리는 수많은 편지를 주고 받았지요. 그때 우리가 서로에게 명명한 이름이 바로 당신의 이름인 레나입니다. 레나라는 어감에서 풍겨오던 주홍빛 화려함. 그리움의 정열을 가슴에 안고 사라지는 황혼의 몸부림이었습니다. 당신이 쓸쓸한 표정을 짓거나, 감정을 이겨내려고 고통스러운 표정을 지을 때도 나는 불덩이 같은 당신의 주홍빛 정열을 느낍니다. 그리고 그것은 내가 외로울 때마다 당신을 기억해보는 당신의 생명. 그리고 그것의 빛깔이었습니다.

당신은 나의 순진하고 어리석은 고등학교 시절 찾아온 귀여운 악마였습니다.

우리가 졸업한 학교는 시골 소읍의 조그만 학교였습니다. 그곳에서 나는 가장 순진하고 모범적인 여학생이었습니다. 그리고 나는 어느 날 낯선 여학생을 발견했습니다. 나보다 한 학년 윗반이었던 당신은 오만한 도시의 여학생 냄새가 풍겨오던 전학생이었습니다. 우리가 서로를 깊이 느낀 것은 문예반 특별활동에서였습니다. 곱고 서정적인 시골학교 문예반 교실은 당신이 나타남으로써 심하게 덜컹거리고 방향마저 잃어버린 것 같았습니다. 당신은 짓궂은 장난꾸러기였으니까요. 언제나 책상 앞에 앉아 꼼짝 않고 책을 읽거나, 노트에 무언가를 끄적이던 나는 문예반 교실 모퉁이에 앉아서 역시 노트를 펼쳐 놓고 앉아 있었습니다. 그때 당신이 나에게 다가와서 나의 노트를 휘익 뺏어 갔습니다. 그리고 내 앞에서 노트를 팔랑팔랑 넘기더니,

"별 거 아니군."

끝에는 흥! 콧방귀까지 뀌면서 노트를 내 앞으로 던졌습니다. 나는 속으로 당신의 방자함에 놀랍고 우스웠으나, 곧 당신의 자신만만함에 압도당하고 말았습니다. 선생님께 꾸중 들은 것처럼 얼굴이 홍당무가 되어 부끄러

웠습니다.

어느 날은 수돗가를 지나다가 당신이 쏘아댄 물총에 물세례를 받고, 항의도 못한 채 교실로 들어와 엉엉 울었습니다. 그러던 어느 날 나는 당신에게서 한 권의 예쁜 노트와 편지를 받았습니다. 우리는 친구가 되었습니다. 꿈을 나눌 수 있는 친구가 되었지요.

도서관 건물 아래 돌층계에 앉아 우리는 많은 이야기를 나누었습니다. 나는 답답할 정도로 조용하고 내재적인데 비해서, 당신은 총명하고 넓은 세계로 눈을 돌리고 있었습니다.

"오늘 밤 이름은 뭐라고 할까?"

밤은 새까맣고 별이 하늘에 가득 깔려있었습니다. 손을 뻗으면 하나하나 주워 담을 수 있도록 눈앞에서 반짝이던 별들.

"마녀의 눈."

나는 깜짝 놀랐습니다. 그렇게 아름다운 밤이 왜? 마녀의 눈이 되었는지. 그리고 당신은 겨울의 뚝섬을 이야기하였으며, 모래 위에 엎어진 나룻배와 당신의 아름다운 서울 친구들 이야기를 하였습니다. 나는 서울을 무척 동경하던 한 시골 소녀였으며, 당신의 입에서 쏟아지던 모든 이야기들이 경이로웠습니다.

성적이 좋던 당신이 대학을 포기하고, 아주 평범한 결혼을 단행하였을 때, 저는 또 경이로웠습니다. 당신은 이제 오직 순박한 여인네, 착하디 착한 여인네가 되고 싶다고 말했습니다.

그날. 당신은 눈부신 하이얀 꿈같은 웨딩드레스를 입고 여느 때도 볼 수 없었던 화사한 웃음을 짓고 있었습니다. 머리는 곱게 빗어서 뒤로 넘기고, 웨이브 진 긴 머리는 더욱 곱게 어깨 위로 흘러내리고 있었습니다. 고운 장미 부케를 들고 있었지요. 나는 거울을 향하고 있는 당신 옆으로 가서 당신을 보았습니다. 잠잠하고 조용하게 번지는 웃음 속에 들쑥날쑥한 당신의 치아. 귀여운 악마가 한 떨기 들국화 같은 여인으로 성장되어 있었습니다. 거울 앞에 선 저는 예전보다 더욱 더 당신에 대하여 부끄러움을 느꼈습니다.

레나! 기억하시지요. 당신의 신혼 아파트를 열심히 드나들던 저를요. 저의 가슴에는 대학 뺏지가 붙어있었지만 도시의 바람을 견디지 못하는 가난한 여대생이었으니까요. 아기를 업고 저를 배웅하기 위해 어두운 골목길에 서면 당신은 바로 당신이 염원하던 하나의 순박한 여인네 같았습니다. 그리고 차 창가로 보이던 모습. 당신의 애기를 업고 손을 흔드는 실루엣은 오래도록 잊혀지지 않았습니다.

레나! 지금은 이 이름을 잊으셨지요. 이 이름은 어린 시절 소꿉 장난처럼 두 손으로 꼬옥 쥐면 바스라져 버리고 마는 가랑잎 같으니까요. 그러나 우리는 기억해야 돼요. 우리가 얼마나 고운 가슴을 가지고 우리의 삶을 하이얀 레스 뜨개로 장식했는가를. 아침에 일어나면 하이얀 커텐 사이로 건강한 햇살이 하이얀 식탁보를 비추이면 나는 하이얀 커피 잔을 그대 앞에 놓으리… 이것은 비생산적인 넋두리가 아니에요.

우리가 아이를 낳은 늙은 중년여자라 해도 생활의 윤기를 돌게 하는 꿈을 가져야 해요. 그때까지는 당신의 이름 레나! 기억하세요. 그리고 가슴은 주홍빛 노을 처럼 정열을 불사르며 살아요. 가계부에 숫자를 적어 넣는 일보다 더욱 생산적이고 아름다운 일이에요. 이 밤도 마녀의 눈 같은 별들이 꽃밭에 핀 채송화 꽃무더기처럼 흐드러지게 피어있어요. 당신과 함께 저 하늘을 보며 환각의 사다리를 타고 올라가 꽃다발을 안고 오고 싶군요. 당신의 행복을 빌겠어요. (1980)

주홍빛 이름 (2)

해가 뉘엿뉘엿 효창운동장 아래로 사라질 즈음, 버스를 타기 위해 남영동을 향해 터벅터벅 걸어가다가, 하나의 사실을 확인했다. 나는 갈 데가 없다는 것을. 가끔씩 찾아오는 도시형 적막증을 달래기 위하여 찾아가곤 하던 창동에 미야 언니가 생각났지만, 그녀는 작년 연말 나에게 전화 한통을 걸고 낙향을 하였다.

"별일 없니? 나 내일 시골 시댁으로 이사 간다."

어정쩡하게 받아서 잊어버렸던 전화가 오늘 오갈 데 없는 외로움 속에서 확인이 되었다. 다람쥐 쳇바퀴 돌듯 하는 도시의 생활과 시비是非를 가릴 수 없는 막막함이 찾아오면, 내가 공부하는 한자가 무작정 미워진다. 그럴 때마다 나는 불현듯 창동행 버스를 타고 미야 언니를 찾아가곤 했다.

그녀는 나의 고등학교 선배이며, 일찍 결혼하여 다섯 살짜리 딸이 있는 가정주부이다. 내 문학의 출발점은 미야 언니를 흉내 내는 것이었다. 서울의 일류학교를 자퇴하고, 지방의 학교로 전학 왔던 그녀는 대학 진학도 자퇴하듯 내팽겨쳤다. 지금은 화장하지 않은 얼굴에 검은 머리를 길게 기르고, 웃음은 소녀 같이 해맑다. 참 신기한 일이다. 그 표정만큼이나 해맑은 연애를 해서, 전혀 잘 살지 못하는 그녀는 자기에게 솔직한 것을 재산목록 1호로 소유한 채 해맑은 소녀와 가정주부라는 이원의 세계를 유지해간다.

그녀의 좁은 아파트를 찾아가면 나는 왠지 마음이 푸근해진다.

"애, 우리 만나는 날은 언제나 라면 끓여 먹는 날로 정하자."

"좋아요."

나는 식탁에 앉아 조잘거리고, 언니는 라면을 끓인다. 둘이서 이야기하다가 보면 라면이 끓어 넘치고, 언니는 당황한다. 라면을 먹으려고 밥상에 앉으면 밖에 나가 놀던 미선이가 뛰어 들어오며,

"엄마아!"

소리 지른다.

미선이 옷은 물세례를 받아 흠뻑 젖어있었다.

"여자애가 꼭 남자아이들하고만 노니…"

나 같으면 꿀밤 한대를 주었을 텐데, 언니는 화를 내지 않는다.

"사는 게 다 이렇단다."

오랜만에 만나 앉아있어도 마음 놓고 이야기할 수 없다. 언니는 끝없이 움직이고 분주하다. 그리고 우리가 헤어질 때쯤이면, 어두운 골목을 걸어 나오면서 언니의 짙은 음영이 깔린 옆모습을 발견한다.

"가끔 모든 것이 의심스러워질 때가 있어. 내가 옳게 살고 있는가. 똑바로 사는 것인가 하고 말이야. 그렇게 되면 참 무서운 생각이 든단다. 어떻게 쌀알이 밥이 되어 가는가? 미선이는 도대체 나에게 무엇인가? 남편은? 모든 것이 의심스러워 진단다."

답을 모르는 나는 묵묵히 그녀의 뒤를 쫓아 골목을 돌아 나온다. 미선이는 잠들어 있었다.

"내가 시집 와서 너무 별 볼일 없으니까, 네가 시집 갈 생각을 더 안하나보다."

피시식 웃는 그녀의 모습은 역시 해맑다. 몇 대의 버스를 보내고, 거의 막차를 타고 우리는 헤어진다. 한 거짓 없는 여인은 아이를 업고 손을 흔든다. 나를 둘러싼 모든 것에서 지쳐 있었던 내 가슴에도 손을 흔든다. 내가 괴로워하는 것은 도시의 소음이나 허구의 지식이었음을 느끼며, 나는 삶의 실체에 정직하게 서있는 한 여인에게서 삶을 회복하곤 한다. 그러나 그녀는 도시의 한 모퉁이조차도 못 견뎌서 아주 조용하고 아름다운 산골로 가버린 것이다. 언니, 도시의 미아인 저는 외로워요.

(1980)

둘,
내가 사랑한 중국, 중국문학

중국차

내가 중국차를 마시기 시작한 것은 1년 전이다. 대만에서 공부한지 8년이 지나서야 비로소 중국차를 마시게 되었다.

유학시절 기숙사에 있을 때, 나의 룸메이트는 하루 종일 중국차를 마셨다. 도서관에 갈 때나 옆방으로 놀러갈 때도 때가 덕지덕지 끼어있는 중국차 잔을 들고 다녔다. 그 친구와 밤을 새우며 이야기를 할 때 중국차를 마셔보 았는데, 한국에서부터 커피를 즐겨 마시던 나로서는 너무나 중국차의 맛이 무미건조하게 느껴졌다. 향기로운 쟈스민차를 마셨던 것 같은데 향기는커녕 무척 떨떠름 했다.

그 후 귀국을 했었고, 2003년에 1년간 대만에 머물면서 나는 여러 가지로 중국을 다시 느낄 수 있었다. 중국

문화의 깊은 맛을 가슴 속으로 느낄 수 있었던 것이다. 첫째, 중국음식이 너무 맛있게 느껴졌고, 둘째, 중국의 옥玉에 대하여 많은 관심을 가지게 되어, 박물관이나 골동품점을 다니면서 수많은 옥을 감상하게 되었다. 또 하나는 중국 차의 맛을 비로소 즐기게 된 것이다. 중국음식에 대한 것이나 옥에 대한 것, 그리고 중국 차에 대한 나의 취미는 단시간 내에 이루어진 것은 아니다. 오랜 시간 중국 문화와 접하면서 자연스레 물이 고이듯이 고여진 귀한 정감이라고 생각이 된다.

내가 예전에 좋아했던 커피에서 중국 차로 변모된 과정은 깊은 의미가 있다. 서양문화에서 동양문화로의 변모라고나 할까? 중국문학을 하나하나 공부해 가면서 체득한 것이다. 어설프게 소유했던 서양의 입맛에서, 동양문화의 깊은 진수를 맛보게 되었다. 커피는 자극적이면서 상쾌하지만 깊은 맛이 없다. 그러나 중국 차는 차 맛도 천천히 취해 온다. 그리고 향내와 함께 깊은 맛이 오래 간다.

중국의 교수님들은 학생들이 방문을 했을 때, 손수 차를 끓이신다. 예전에는 그러한 중국 교수님들 모습이 인상이 깊지가 못했다. 그러나 지난해에는 내가 학생을 가르치던 입장이었기 때문인가? 그러한 중국 교수님들의 모습이 무척 아름답게 느껴졌다. 언제나 학생은 선생님을 찾아가기가 부담스러운 것이다. 지도 받아야할 논문 원고를 들고 교수님을 찾아가려면 항상 발걸음이 무겁다. 그러한 학생들의 부담을 덜어주기 위해서 중국 교수님들은 손수 차를 끓이신다. 복잡한 중국차 끓이는 과정을 찾아온 제자를 위하여 찬찬히 준비하신다. 찻잎을 넣고, 끓는 물을 찻잎 위에 붓고, 찻잎이 우러나올 동안 간간이 안부를 물으면서 한 잔을 따르고 두 잔을 따르고 세 잔을 따른다. 그러는 동안 자연스럽게 학생은 교수님을 방문하게 된 목적을 이야기하게 된다.

한국에서도 역시 학생들이 교수님을 방문할 때면 학생들의 굳어있는 모습을 보았다. 그래서 방금 들어온 학생에게 긴장되어있는 모습을 풀어주려고 "어떻게 왔니?" 하고 물으면 그는 더욱 얼굴이 붉어지면서 말을 하지 못하게 된다. 어색한 시간이 조금 지나서야 자기의 의사를 이야기하곤 한다. 아마도 학생들은 이러한 선생님과의 어색한 시간 때문에 선생님을 찾아오는 것을 부담스러워하는 것 같다.

대만을 떠나면서 나는 잊지 않고 메모를 했다가 중국차와 중국 차구茶具를 사가지고 왔다. 중국 차를 마시면서 학생들과 내가 좀 더 가까워질 것을 기대하면서. 이

것이 바로 중국식으로 사람을 대하는 방법이라는 것도 함께 가르쳐주고 싶었다. 중국 사람들은 천천히 정이 들고, 그 정이 오래 간다. (2004)

고급 중국어

지난번 중국을 다녀온 한 기업가로부터 중국인들의 대화중에 많이 인용하는 중국 고전 구절을 가르쳐 달라는 부탁을 받았다. 5000년이나 되는 장구한 중국문학사 속에서 꼭 집어 무엇을 말해야 할지 난감했다. 그분의 말에 따르면 본인이 중국어회화가 가능한데도 그들이 인용하는 현란한 중국 문학의 구절들 때문에 대화의 맥을 잡을 수가 없었다는 것이다.

여기에서 우리가 생각해야 할 것은 중국인의 고전을 인용하는 오랜 습관이다. 1917년 그 유명한 호적의 「문학개량추의」라는 논문에서 중국인의 고전 인용 습관이 중국인을 뒷걸음질 치게 하는 원인이며, 이 습관이 지식층의 대인관계 속에 아직도 많이 남아 있음을 지적한 바 있다. 지금도 이 습관은 공적인 행사나 사적으로도 정치인이나 언론인에게 많이 남아 있다.

가끔 특파원이나 기자로 있는 지인들로부터 다급한 팩스를 받곤 한다. 중국 시를 해석해 달라는 것이다. 중국 정치인들은 외신 기자회견을 할 때도 아무 말 없이 중국 시 한 수를 던지며 기자회견을 끝내는 모습을 보았다. 부시 대통령과 백악관 대변인이 시시콜콜 변명하고 아전인수로 자기합리화를 도모하는 반면, 중국 정치인들은 직설법보다는 자기 마음을 숨긴 채 중국 시 한 수의 은유와 비유로 커다란 뜻을 숨기곤 한다.

중국 시를 해석할 수 없으면 중국이 가고 있는 방향을 모르게 된다. 참 멋있는 일이다. 중국어 몇 마디 배우면 중국을 정복했다는 듯이 덤비는 수많은 사람들을 쳐다보면 안타까운 마음이 든다. 중국 시를 해석해서 지인에게 보내면서 '바로 이런 모습이 중국이지' 하며 어렵게 공부한 중국문학에 대한 자부심이 들었다.

학생들을 면담할 때면 그들의 꿈과 비전이 아직 얕고 원대하지 못한 것이 아쉽다. 좀 더 커다란 꿈을 갖기를 힘주어 말한다. 그러기 위해서는 그들이 갖추어야 할 것이 일상의 중국어회화만으로 끝나서는 안 된다. 나는 학생들이 중국 정치, 경제, 외교 분야와 한중 관계 모든 분야에서 중요한 인물이 되기를 바란다. 초급중국어, 중급중국어, 실용중국어의 단계를 뛰어넘어 고급중국어를 구사할 수 있는 중국전문가로 성장하기를 바란다.

한 번 더 고급중국어의 필요성과 중요성을 말하고 싶다. 21세기 초입 강택민江澤民 주석이 많은 외신기자들과 기자회견을 하고 있었다. 세계는 21세기를 맞아 중화문명권의 대두를 가장 두려워하는 것 같았다. 외신기자가 강 주석에게 물었다. 중국을 알기 위해서 무엇을 학습해야 하느냐고. 강 주석은 대답했다.

"중국문학을 학습하시오."

이것은 중국의 특징이다. 중국에서 문학과 역사와 철학은 같은 수레바퀴이다. 또한 중국문학과 정치는 얼마나 깊은 관계가 있는가? 중국문학의 시작은 주나라 시대의 『시경詩經』에서 시작한다. 시경은 임금의 정치 자료로 활용되었다. 중국문학의 시작이 정치와 깊은 관계가 있는 것이다. 짧은 지면에서 어찌 중국역사, 정치, 문학과의 관계를 다 쓸 수 있겠는가? 중국의 역사적 대사건이었던 문화대혁명은 그 불씨가 문학작품이었다는 것을 또 어찌 다 설명할 수 있겠는가? 중국의 커다란 역사의 변화 속에서 중국문학은 깊이 관여를 하였다. 문학을 알아야만 중국을 이해할 수 있음은 자명한 일이다. 고급의 중국어는 중국문학이다. 중국문학의 컨텐츠로 대화할

수 있는 것이 고급중국어이다. (2003)

나의 유학생활

1979년 겨울. 나는 석사학위와 3년간의 조교 생활을 끝내고 D여대 강의를 나가고 있었다. 강사료 몇 푼이 내 일상의 젖줄이었고, 결혼을 앞둔 미혼의 노처녀로서 답답한 하루하루를 보내고 있었다. 더군다나 한자의 늪 속에서 허우적대며 그것에 염증을 느끼고 어지럼증을 느끼고 있었으니, 공부도 안 되는 나날이 계속되었다. 그러한 사면초가의 1979년 겨울, 대만 교육부에서 장학금을 주는 유학생 모집이 있었다. 그것은 내 인생에 있어 행운의 여신이었다. 나는 무작정 그 시험에 매달렸고, 다행히 좋은 결과가 있었다. 그리하여 1980년 9월, 그리고 그리던 대만유학을 떠나게 된 것이다. 타이페이 중정中正공항에 내렸을 때 35℃의 고온과 함께 훅-하고 코끝에 안겨오던 이상한 냄새. 구역질을 동반했던 그 냄새는 바로 중국 냄새였다. 그 후 그 냄새는 8년간이나 내 일상 속에 젖어 있었다. 그렇게 시작된 대만 유학생활은 정말 힘들고 숨 가빴다. 그러나 행복했던 것은 공부 이외에는 필요 없는 일에 시간을 보내지 않아도 된다는 것이었다.

내가 다니던 대만국립사범대학臺灣國立師範大學의 대학부는 완전히 국비로 운영되고 있었다. 학생들은 학비와 숙식뿐만이 아니라 용돈까지도 나라에서 지급받았으며 대학 4년은 오로지 학업에만 정진하게 된다. 국문연구소國文研究所(대학원에 해당됨)도 이러한 대학부의 영향으로 비교적 이수학점이 많았으며, 학풍은 경학이나 문자학·성운학 계통으로 국수주의적인 데가 있어서, 내가 당초에 연구하고 싶었던 중국 현대문학연구 같은 주제는 일찍이 포기하게끔 하였다. 당시에는 그러한 학풍이 무척 답답하기도 했으나, 지금 생각해 보니 그러한 훈고학·성운학·문자학 등이 학문의 기초과정이었으며, 사대師大에서의 연구기간 동안은 내가 경외스러운 학문의 방법론을 재인식하게 된 시기였다고 여겨진다.

국문연구소 수업 중에 가장 재미있던 수업은 지금은 고인이 되신 임윤林尹 교수의 『장자莊子』 강의였다. 장자에 대하여 독특한 방법으로 새로운 해석을 시도하셨는데 아주 신선하고도 철학적이었다. 시원한 물 한 모금을 마신 듯 학문에 대한 갈증이 해갈되었다. 군더더기 없는 요점에 치중하는 강의에서의 장자 도道의 본체에 가까이 갈 수가 있었고, 한자에 대한 답답함 또한 차차 풀려가는 것을 느낄 수가 있었다. 표의문자인 한자의 매력을 발견한 것이다.

지금 생각해보면, 중국 문학을 연구하면서 몇 번의 단계를 거쳐서 학문의 심도가 점점 발전하는 것을 느끼게된다. 대학교 2학년 때 왕유王維·맹호연孟浩然 시에 감흥을 느껴 밤잠을 설치며 읽었던 기억이 나고, 그것은 내가 중국 문학이라는 옷자락을 붙잡게 된 계기가 되었다. 그 후 대학원을 마치고 내가 붙잡고 늘어졌던 것은 모순茅盾의 『자야子夜』였다. '자야'라는 뜻은 깜깜한 밤이라는 뜻인데 내 인생도 깜깜했고, 1979년의 사회 분위기도 깜깜했었다. 그 깜깜한 밤을 혹시 모순이 노벨문학상을 타지 않을까 기다리며 깨알같이 노트를 메꾸며 번역을 했었다. 그리고 나는 비로소 나만을 위하여 학문할 것이 아니라, 못살고 소외된 자들을 위하여 다시 공부를 해봐야겠다고 분연히 일어났던 기억이 난다. 그리고 유학시절 장자의 도속으로 헤엄쳐 들어가며, 인생의 본체는 절대자유하고 절대평등하다는 것을 느끼고 경악

해야 했다. 건방진 것 같지만 꼭 득도하는 기분이었다.

이제는 가끔씩 찾아오던 중국 문학에 대한 갑갑함이 없다. 오래 산 부부가 밉고 고운 것이 어디 있겠는가? 서로 깊은 정으로 정답게 의지하며 늙어가듯이 나도 중국 문학이라면 어느 시대, 어느 장르이건 애정이 간다. 학문은 결국 일이관지一以貫之 아니겠는가?

또한 나의 유학생활에서 빼놓을 수 없는 것은 역시 지금은 고인이 되신 엽경병葉慶炳 교수와의 만남이었다. 나의 지도교수였던 그분과의 만남은 내 유학생활에, 내 인생에 중요한 전기가 되었다. 엽경병 교수는 중국 문학을 공부하는 학생들이 필독서로 보고 있는 학생서국의 『중국문학사』 상·하권의 저자이시며, 당시 대만대학 중문과 주임 교수로써 명망 있던 학자이셨다. 키가 작으시고 온화한 미소년의 얼굴에는 냉정하면서도 다정한 미소를 짓고 계셨다. 논문을 쓰는 기간 동안 1주일에 한 번 교수님을 면담하고 논문지도를 받았는데, 내가 써간 원고를 앞에 두고 고심하며 빨간 볼펜으로 수정해 주시던 모습이 기억난다. 논문주제에 관하여 학생과 의견을 교환하시며 토론하시기를 좋아하셨다. 그리고 일상생활 속에서 제자인 나에게 보여주신 그 자상하심을 잊을 수가 없다. 내 건강이 나빠지면 그 요인이 무엇인지에 대하여 살펴보시고 나에게 충고해 주시곤 하셨다. 그래서 유학생활 동안 시원치 않은 건강으로 논문을 완성할 수 있도록 도와주셨다. 그리고 더욱 기억에 남는 것은 여성에게 세심하게 배려해 주시던 페미니스트이셨다는 것이다. 특히 사모님을 공경하는 태도와 예절은 중국 남자의 습관을 넘어서 그분의 인격 그 자체였다. 간혹 학문적으로 훌륭하신 남자 교수님이 남성 우월주의에 젖은 모습을 보이는 것을 보면 안타까운 적이 있었는데, 엽 교수님은 그렇지 않고 진보적이면서 합리주의적인 인격과 학문을 함께 겸비하신 분이셨다. 논문이 끝나고 한국으로 귀국한 후, 몇 번의 서신이 오고 갔는데, 어느 날 교수님이 돌아가셨다는 연락을 받았다. 그렇게도 규칙적이고 성실하시던 분이 폐암이라니. 아마도 평생을 백묵을 쥐고 열강 하셨던 것이 원인이 되었으리라.

졸업식이 끝나고 이교離敎수속을 마치고 나오는데 같은 반 중국 친구를 만났다. "8년 전쟁이 끝났구나"라며 축하해주었다. 8년 동안 짐을 쌓다가 풀었다가 비행기를 타고 오고가던 그 고통을 그 친구는 중국과 일본의 8년 전쟁으로 표현해주었다.

8년 전쟁을 끝내고 타이페이 중정공항을 떠날 때는 처음에 역하던 중국 냄새가 자연스레 내 코에 배어있는 것을 느꼈다. 역하기는커녕 버리고 싶지 않은 나의 체취가 되어 있었다. 중정공항을 떠나 비행기가 태평양 바다 위로 떠오르자 내가 8년을 몸과 마음을 바쳐 뒹굴었던 땅이 너무나 조그맣게 시야에 다가왔다. 내가 젊은 시절을 저렇게 조그만 섬나라 땅에서 몸부림쳤던가 하는 허탈감이 느껴졌다. 그러나 나는 스물일곱에 맨손으로 떠났던 대만 유학을 후회하지 않는다. 피 흘리는 투쟁이 있었지만, 그 고된 20대와 30대가 있었기 때문에 나는 방황하지 않는 불혹의 사십대로서 당당하게 두발로 땅을 딛고 있는 것이다. (1985)

나의 방 친구

　내가 그리고 그리던 타이페이에 유학을 온 것은 지난
해 9월이었다. 대만이 무척 덥다는 이야기는 많이 들었
지만, 9월의 타이페이 날씨는 정말 더웠다. 친구의 소개
로 숙소를 국제청년활동중심國際靑年活動中心으로 정했
다. 그곳은 중국을 공부하고자 하는 많은 외국 학생들로
가득 차 있었다. 중국뿐만이 아니라 세계를 배울 수 있
을 것 같았다. 그러나 시간이 지날수록 나는 세계를 배
울 수도 있으리라는 희망보다, 내가 알고자 하는 중국조
차도 숙소에 갇혀 모르게 되리라는 실망을 갖게 되었다.
　그러던 중에 나는 나의 방 친구를 만나게 되었다. 정
치대 한문조(한국문학과)에 다니던 유려아劉麗雅였다.
그녀는 나에게 중국어를 친절하게 가르쳐주었고, 내가
중국을 알고자 하는 것에 항상 도움을 아끼지 않았다.

그리고 그녀는 또한 나의 모국인 한국을 사랑하고, 공부하고 싶어 하는 한국문학도였다. 우리는 외국인이라는 선입견을 버리고, 자연스럽게 친구가 되었으며, 급기야는 같은 방 친구가 되었다.

우리 방은 많은 책으로 가득 채워져 있다. 방 친구의 책꽂이는 모두 한국 책이고, 나의 책꽂이는 중국에 관한 책들로 가득 채워져 있다. 간혹 사람들은 우리의 책꽂이를 혼동하곤 한다. 뿐만 아니라 나의 책상 앞에는 대만의 지도가 붙어져있고, 방 친구 책상 앞에는 한국의 지도가 붙어져있다. 또한 그녀는 한국 인형을 좋아하고, 나는 또 중국 인형을 좋아하여 수집하고 있다.

우리는 모두 음악을 좋아하는데, 그녀는 많은 한국 가요 녹음테이프를 가지고 있고, 나도 또한 중국 노래를 배우기 위하여 많은 중국가요 테이프를 가지고 있다.

우리는 요즘 한층 사이가 가까워졌다. 그래서 시간이 가는 줄 모르고 이야기를 많이 한다. 그녀가 한국에 대하여 좋은 점을 이야기하면 나는 중국에 대하여 좋은 점을 이야기해주고, 솔직하게 나쁜 점을 충고하기도 하며, 진정한 친구가 되려고 애쓴다.

요즘 우리의 화제는 문학이다. 나는 그녀가 한국 문학에 대해서 그렇게 해박한 것에 깜짝깜짝 놀란다. 그녀는 많은 한국 문학 작품을 읽었다. 간혹 내가 읽지 않은 작품도 그녀는 이미 읽었다. 우리가 문학을 토론하다 보면, 중국과 한국에 문학 성장 과정이 너무나 비슷함을 느끼게 된다. 그녀는 앞으로 한국에 유학하여 중국 문학과 한국 문학을 비교 연구하고자 한다. 나도 역시 한국에 돌아가서 중국 문학과 한국 문학을 비교 연구하고자 한다. 그렇다면 우리는 얼마나 중요한 친구인가? 우리가 서로 도와주어야 할 것이 얼마나 많은가? 그리고 우리는 한국과 중국을 위하여 교량적인 역할을 하리라 다짐한다.

그러다가 우리는 가끔 농담을 하며 웃곤 한다. 즉 우리의 방을 '중한문학연구소中韓文學硏究所'라고 호칭하는 것이 어떤가? 하고. 그리고 우리 방을 찾아오는 손님은 모두 우리의 손님이다. 나의 친구들이 곧 그녀의 친구이고, 그녀의 친구도 역시 나의 친구가 된다. 우리는 중국과 한국의 많은 친구들이 우리를 찾아와서 우리와 더불어 중한문학을 토론하기를 바란다.

요즘 우리는 외국인이라는 한계가 완전히 무너졌다. 인간과 인간의 이해와 사랑만이 가득 차 있다. 정말 재미있는 우리의 만남이 계속 되어서, 중국과 한국의 미래에도 좋은 영향을 주기를 바란다. (1982)

내가 보고 들은 대만의 유학생활

.

나는 1980년부터 1982년까지 대만국립사범대학臺灣
國立師範大學 국문연구소國文研究所에서 유학을 하였다.
대만에는 내가 유학한 사범대학 이외에도 대만대학과 정
치대학이 있는데, 모두 중문연구소 뿐이 없었다. 국문
연구소라면 중문연구소보다는 교과과정이 조금 광범위
한 편이었다. 즉 중국문학 뿐만이 아닌 역사와 철학, 그
리고 비교문학까지도 연구할 수가 있었다. 내가 유학한
사범대학 대학부는 완전히 국비로 운영되고 있었다. 학
생들은 학비와 숙식 뿐만이 아니라 용돈까지 나라에서
지급받았으며, 대학 4년간은 오로지 학업에만 정진하게
된다.

사대師大의 국문연구소(대학원에 해당됨)는 이러한
대학부의 영향으로 비교적 이수학점이 많았으며, 학풍

은 경학이나 문자학·성운학 계통으로 국수주의적인 데가 있어서, 내가 당초에 연구하고 싶었던 「모순의 자야연구」같은 테마는 일찍이 포기하게끔 했다. 당시에는 그러한 학풍이 무척 답답하기도 했으나, 지금 생각해 보니 그러한 훈고학·성운학·문자학 등이 학문의 기초과정이었음을 생각하니 사대에서의 연구기간 동안은 바로 경외스러운 학문의 방법론을 재인식하게 된 시기였다고 여겨진다.

사대의 학교 분위기는 무척 성실하고 엄숙한 편이었다. 대다수의 학생들은 생활이 풍족하지 못하고 머리가 좋은 그런 학생들이었다. 자전거를 타고 등교하는 학생들의 뒤에 달려있던 무거운 가방들과 검소한 그들의 생활태도가 자칫 대학의 자유와는 동떨어진 듯한 느낌을 주기도 했으나, 그런 것들보다는 더욱 더 그들의 표정이 진지했다는 것이 중요하다. 그리고 그들의 생활태도는 바로 대만의 성실한 스승상을 연상하게 했다. 그러한 기분은 사대의 분위기에서뿐만이 아니라 대만이라는 중국이라는 나라 전체에서 느낀 신뢰감이기도 하다.

그곳에서 어느 신문기자가 쓴 사설을 읽은 적이 있었다. 내용은 한국의 자정에 들리는 경찰관의 호루라기 소리와 샐러리맨들이 급히 귀가하는 발자국 소리에 대하여 쓴 내용이었는데 (당시 우리나라는 통금해제 이전이었음) 기억이 정확하지는 않으나 한국의 사회와 경제를 비교하여 쓴 것인데, 별로 느낌이 좋지 않았다. 즉 그러한 한국 사회와 경제를 꼬집은 내용이었다.

그러면서 나는 대만이라는 나라를 생각해보았다. 그 지저분한 거리와 맨발에 슬리퍼 신고 오토바이 타고 가는 대만의 상인들은 조금 너무했다는 생각도 들지만 깨끗하게 단장하는 것에는 신경을 쓰지 않았으나, 너무나 살기 편안하게 하루가 시작되는 타이페이 거리는 인상적이다.

길을 가다가 언제라도 외국 우편을 부칠 수 있고, 공공건물 안에서는 어느 곳이나 열수熱水가 나왔으며, 쌀이나 과일 등 먹는 것의 가격이 무척 저렴했다. 지저분하다는 것 이외에는 실질적이고 생활하기에 효율적인 타이페이 도시인 것이다.

중국 사람하면 우리는 보통 음흉하고 행동이 느리다고 인식하고 있다. 그것은 맞는 말이다. 내가 처음 배운 중국말 역시 "천천히慢慢來"라는 말이니까. 한국 사람들이 무엇인지 모르게 바쁘게 빨리 이익을 챙기려는 것과는 반대되는 이야기이다. 전혀 서두르는 게 없다. 서둘지 못해 눈앞에 이익을 빼앗기더라도 천천히 무리 없이 일을 진행시켜가는 중국 사람들은 사람들도 천천히 정들게 하고 아주 오래 의리를 지켜간다.

대만에서 택시를 타면 한참을 지나가도 요금 메타기를 꺾지 않아 손님이 꼭 챙겨야 기사님은 슬그머니 웃으며 메타기를 꺾는데, 대만에서 귀국한 날 집으로 돌아오는 차 속에서 한국의 기사님은 어떤가 하고 메타기를 보니, 언제였는지 눈 깜짝할 새에 이미 꺾여 있었다. 참 씁쓸했다. 내가 각종 야채와 과일, 그리고 쌀, 계란 등을 사러가던 식료품 가게 아저씨가 어느 날 TV 뉴스 시간에 나왔다. 나는 평소에 새까만 맨발에 슬리퍼를 신고 사람 좋게 웃어 보이던 아저씨에 대하여 약간의 동정심을 가지고 있었는데, 그날 최고액의 저축자로 수상을 받는 뉴스를 보고는 동정을 받을 사람은 바로 나라고 느꼈다.

어떤 급한 일이 생겨도 "천천히!"라고 외치는 중국 사람들의 여유 있는 자신감. 그것은 우리나라 사람들의 외면 지향적이고 똑똑하고 민첩한 것보다는 혹시 윗길은 아닐까? 정신없이 민첩하게 눈앞에 이익만 따먹고 두고 두고 따먹을 이익은 팽개치는 것은 아닐까? 어쩌다가 시내에 나가면 이제 거리는 어느새 외국 같은 기분이 들게끔 번잡스러워졌고 화려한 복장을 입은 선남선녀는 어디론가 바쁘게 걷고 있었다. 지상이나 지하나 차 소리는 윙윙거리고…. 그럴 때 나는 문득 중국 사람들이 "천천히!" 하고 외치던 소리를 다시 외치고 싶다. 이렇게. "여보세요. 좀 천천히 걸으세요." (1985)

중국 여성문학 단상

학기 초 대학원 수업을 준비하면서 중국문학사를 한 번 정리하는 기회가 있었다. 안타깝게도 그 오랜 중국 문학의 흐름 중에 훌륭한 남성작가들은 밤하늘의 별처럼 무수히 많건만 여성작가들의 명성은 손꼽을 정도임을 다시 한 번 확인할 수 있었다. 어째서 이러한 격차가 생겨난 것일까? 설마 여성이 남성에 비해서 타고난 재질과 재주가 부족해서 이겠는가? 여성이 남성에 비해서 사회적 정감이 부족해서 이겠는가? 혹은 사유능력이 부족해서 이겠는가? 그렇지 않다. 문제는 시대와 사회가 여성의 창조와 발전을 제한하고 있었다.

과거 중국의 여성은 정규 교육의 혜택을 받아보지 못한 채 집안에 갇혀 가사와 바느질을 배우며 순종적이고 수동적이 되도록 교육받아왔다. 그리고 나이가 차면 부모가 정해준 집안으로 시집을 가야하고, 또 아들을 낳아 그 가문의 대를 이어주어야 한다는 막중한 의무감에 눌려 살았다. 만일 아들을 낳지 못했을 경우는 죄인처럼 평생을 숨죽이며 살았고, 또 쫓겨나더라도 한마디도 할 수가 없었다. 다행히 아들을 낳았다 하더라도 자신은 이미 존재하지 않으며 오직 남편과 자식을 위해 모든 것을 희생하고, 그들을 위해 봉사하는 것만이 여성이 해야 할 일이었다. 남자는 아내를 두고도 몇 명의 다른 아내를 거느릴 수도 있지만, 여성은 남편이 죽어 홀로 되어도 평생을 수절하며 지내야 하는 것이 당연한 도리로 여겨져 왔다. 여자에게는 오직 일부종사, 삼종지덕만이 있을 뿐이었다. 이것이 바로 봉건제도 하의 족쇄에 매인 여성들의 삶이었다. 그녀들에게는 일말의 다른 선택이 있을 수 없었다. 이러한 상황 속에서 문학창작이 가능했겠는가?

더군다나 문학창작은 작가의 사회생활을 통한 체험 속에서 생겨날 수 있는데, 여성은 사회생활과 창작활동에 있어서 거의 모든 것을 박탈당하고 있는 상황이니 어찌 문학작품을 창조해 낼 수 있었겠는가? 또한 문학창작은 문자를 이용해 써내려 가는 것인데, 많은 여성이 교육받을 권리를 박탈당한 채 '여자의 재주 없음'이 최고의 덕으로 추앙되었으니 글자를 모르는 문맹이 어찌 문학작품을 읽고 또 창작할 수 있었겠는가?

그러므로 중국의 수천 년 봉건사회에서 문학창작을 통하여 이름을 남긴 여성 작가는 그리 많지 않다. 한대의 채염蔡琰, 진대의 좌분左芬, 남조의 포영휘鮑令暉, 당대의 상관완아上官婉兒, 송대의 이청조李清照, 주숙진朱淑眞 등이 있다. 그러나 그녀들의 작품은 꽃을 노래하고 규방의 깊은 곳에서 봄을 그리워하거나 부부간의 달콤한 애정, 슬픈 가을에 님을 그리워하는 작품으로 일관했을 뿐 여성의 자각의식의 고뇌가 없으니 또한 안타까운 일이다. 그녀들은 명문귀족 출신이어서 어려서부터 독서를 통하여 부덕을 착실히 수업 받았으므로 봉건 예교의 해독은 평범한 여자들보다 더 심했다.

청대 시인 원매袁枚의 셋째 여동생 원소문袁素文은 어려서부터 나쁜 병에 걸려있던 고高 씨 성의 남자와 혼약이 되어 있었다. 후에 고 씨가 세상을 떠나자 고 씨 집에서는 혼약을 파기하자고 하지만 원소문은 혼약한 고 씨에 대한 정절을 지키기 위하여 남편이 없는 시집을 가게 되며 갖은 고생 끝에 다시 친정으로 돌아와 시서詩書를 읽고 문장을 지으며 남은 여생을 보냈다. 그녀가 평생 읽은 중국의 『여아경女兒經』, 『여계女戒』, 『여훈女訓』,

『여논어女論語』등은 여자에 대한 삼종사덕三從四德의 자세한 규정과 교화를 가르치고 있었다. '오직 여자와 소인은 기르기 어렵다', '남편을 거스르지 마라', '순종함을 올바른 것으로 삼는다'라고 하였으며, 송대 유학자들은 굶어죽는 것보다 정절을 잃는 것을 큰 일로 여겼다. 원소문은 이러한 중국시서에 의해 철저하게 속박되어 졌던 불행한 여성이었다. 시인 원매는 동생이 죽자 「제매문祭妹文」을 지었으니 '너로 하여금 시서를 읽지 않게 하였다면, 그처럼 헛된 정절을 지키기 위하여 일생을 보내지 않았을 것이다'라고 애통해 했다.

20세기에 들어오면서 서구사조가 들어오고 민주와 과학을 기치로 삼는 5·4운동이 일어났다. 5·4운동은 노동자운동, 청년운동, 여성운동의 중요한 발단이 되어 중국 여성운동의 새로운 기원을 열었으며, 5·4운동을 기점으로 중국의 여성운동 역시 여성 스스로 여성문제를 제기하고 여성의 관점에서부터 여성문제를 깊고 폭넓게 인식하게 되었다. 즉 5·4운동의 정신적 성과는 인간의 발견과 여성의 발견이다.

여성의 발견에 있어서 이초사건은 중요한 사건이었다. 이초는 북경여고사北京女高師의 학생이며 집안이 부유하고 자매가 셋으로 남자형제는 없었다. 누군가 가산

살구빛 오후

을 계승하기 위해 그녀의 아버지는 먼 친척 중에서 양자를 들였다. 이 양자인 오빠는 재산을 독차지하기 위해 이초를 자기 마음대로 혼인시키려했다. 이초는 혼인을 피하여 고향 광주에서 북경으로 피해와 북경여고사에 입학했으나, 그 오빠는 오히려 경제적인 공급을 단절하여 이초는 가난과 병으로 1919년 8월에 죽었다. 이 사건은 5·4시기의 중요한 여성문제로 대두되었다.

1919년 11월 29일 북경교육계는 이초를 위해 추도회를 열었으며, 북경대학 교장 채원배蔡元培는 연설을 하였고, 이대교李大釗, 진독수陳獨秀, 호적胡適 등이 이초를 위해 추도회에 참석하였다. 아울러 호적이 쓴 『이초전李超傳』을 배포하였다. 추도회 후에 진독수 등은 문장을 발표하여 여성해방 문제를 깊이 있게 다루었다. 5·4시기 여성문제의 커다란 각성 계기를 제공해 주었던 사건이었다.

중국문학사 한 자락 끝에서 원소문과 이초사건의 기록들을 읽으며 쓸쓸함을 느꼈다. 청대와 5·4시기를 지나 21세기가 되었으나 역사는 아직도 남성의 역사이다. 문학사도 역시 남성이 주체가 되어서 남성에 의해 씌여지고 있다. 남성에 의해 문학사가 정리될 때 여성작가라는 이유만으로 붓 끝에서 미끄러져 버려졌을 여성작가들의 혼. 나는 그 혼들을 찾아 나서는 순례자가 되리라.

(2003)

중국 여성영화의 대표작 〈홍등〉

1980년대 중반까지도 세계의 영화 무대는 중국 영화에 대하여 거의 무지한 상태였다. 그러나 중국의 선봉파라 불리우는 5세대 감독들이 세계 영화 무대에 등장했을 때, 그들의 동양적이고 새로운 영화 미학에 세계인들은 충격을 받게 되었다. 5세대 감독 중에 가장 대표적인 감독을 손꼽으라면 주저 없이 장예모 감독을 꼽겠다. 이 영화는 장예모 감독의 대표작이면서 중국 여성영화의 대표작이다.

이 영화의 시대배경이 되는 1920년대 중국은 5·4운동 이후 사회 각 방면에서 새로운 각성의 물결이 일어나며 변화가 시도되었다. 봉건예교보다는 인간을 중시하는 새로운 운동이 시도되어졌으며, 이러한 인간해방 운동과 함께 여성에 대한 각성 또한 요구되어졌다. 그러나

1920년대 중국여성의 현실은 여전히 열악하고 불평등하였으니, 혼인 풍속에서 여자가 물건처럼 팔려가는 '매매혼'과 첩이 재산으로 계산되는 '축첩제'가 요지부동으로 가부장제를 받치고 있던 시기였다. 영화 〈홍등〉의 중요한 기제는 바로 '매매혼'과 '축첩제'이다. 장예모는 남자이면서도 여성의 문제에 깊은 천착을 보여주고 있으니, 즉 남성의 눈을 통하여 여성문제 전반이 아낌없이 드러나는 충격을 맛보게 되는 것이다.

〈홍등〉의 주인공 송련은 본래 19세의 여대생이었으나 부친의 사업 실패로 집안이 기울자 학업을 중도에 포기하고 나이 많은 진대감의 첩이 된다. 진대감에게는 이미 본부인과 두 명의 첩이 있었고, 송련은 넷째 부인이라 불리운다. 첩들은 진대감에게 성의 대상일 뿐 아무 의미가 없는 존재일 뿐이다.

진대감은 저녁이면 하인에게 자신이 어디에서 잘 것인지를 말해주며, 이에 하인들은 명을 받들어 해당 화원에 홍등을 건다. 이런 우스꽝스러운 예식은 제법 엄숙하게 진행되었고, 이때 부인들은 자신의 처소 앞에 나와 기다리고 있어야 했다. 낙점된 부인은 발바닥 안마를 받았는데, 마치 다듬이 소리 같은 안마 소리가 후원에 울려 퍼지면 낙점된 여인에게는 승자로서의 쾌감이, 그리고 소외된 여인에게는 말할 수 없는 굴욕, 수치, 질투 등의 감정이 고조되어 간다. 첩들은 진대감이 자신의 침실을 찾아오도록 치열한 암투를 하는데, 그 이유는 진대감을 사랑하기 때문이 아닌 집안 내의 주도권을 장악하기 위함이었다. 그녀들의 하루는 치장하고, 해가 지면 홍등의식에 참여하는 일 이외에는 없다. 무료함과 외로움을 견디지 못한 셋째 부인이 집안의 주치의와 불륜행각을 벌이다가 발각되어 사형을 당한다. 충격을 받은 송련이 진대감에게 당신은 살인마라고 호소하지만, 오히려 송련은 미친 여자 취급을 받는다. 그 후로 다섯째 부인이 들어왔고, 진씨 집안은 자체적 메카니즘에 의해 또 그대로 반복 순환운동을 한다.

〈홍등〉의 송련은 1920년대 대학 중퇴생으로 신여성이면서 진대감의 첩이 된다. 그녀는 지식인으로서의 의식은 오간데 없고 오히려 자신의 학력을 내세우며 하녀와 마찰을 일으키고, 거짓 임신을 음모하고, 셋째 부인 매산을 죽음으로 몰아가는 등 자신의 주체성을 찾지 못하고 가부장제의 폐단 속에 자신을 옭아매게 된다. 홍등과 발안마의 노예가 되어 첩들과 성의 권력 투쟁을 벌일 뿐이다. 불합리한 상황에서 저항하기는커녕 그것에 집착하는 한 여성을 통하여 지식인의 비애와 무기력을 보여주는 상징성도 있다. 주도적이지 못한 여성이 어떻게 환경에 의해 침몰되는가를 송련을 통해 보여주고 있는 것이다.

이 영화는 장예모라는 영화 귀재를 통하여 21세기의 담론 '여성'에 참여하게 된다. 참여하게 되는 것이 아니라, 세계 영화 시장에서의 경쟁력과 상품의 가치로서 승부하게 되는 것이다. 이러한 '여성'코드는 한국과 중국 그리고 세계 속의 페미니즘 운동과 시기적으로 부합하여 상업성의 성공을 가져 온다. 영화 〈홍등〉에서의 대표적인 여성 코드라면 홍등과 발안마를 꼽을 수 있다. 영화 속의 홍등의 이미지는 강하다. 화면 전체를 붉게 깔고 홍등은 움직인다. 저녁이면 첩들은 홍등의 향방에 관심을 집중한다. 진씨 집의 권력의 상징인 홍등은 여성이 성의 노예로서 얼마나 억압되어 있는지를 보여주고 있다. 붉은 등의 현란한 이동은 관객들의 시각적인 면을 노리고 있다면, 발안마는 청각적 효과를 부각시키고 있다. 영화 전체를 통하여 끊임없이 들리는 발안마의 다듬이 소리는 여성이 남성에게 성적인 상대로만 인식되어지는 중국의 혼인 제도를 고발하는 신문고 소리 같이 가슴 아프다.

장예모는 실패한 여성 송련을 통하여 여성과 남성 모

두에게 인간의 각성을 요구한다. 오랫동안 남성에 의하여 부차적이고 주변적 존재로 억압되어 왔던 여성문제의 답안은 무엇일까? 영화가 끝났을 때 우리의 가슴 속에 남게 될 것이다. (2006)

한 가족사를 통한 중국 현대사 읽기 〈인생〉

이 영화는 장예모가 국제 영화제에서 큰 개가를 이룬 〈붉은 수수밭〉, 〈홍등〉에 이어서, 1994년 칸 영화제에서 그랑프리를 수상한 작품이다. 20세기 말, 세계는 다가 올 21세기를 전망하며 중국에 대한 강한 열망으로 시끌시끌 했다. 그 중에 특별히 '중국인민의 삶'에 대한 관심이 지대하였다. '영화의 마술사 장예모'는 그것을 감지하고 이 영화 속에 중국 역사를 개입시키며, 전쟁과 혁명 속에 한 가족의 삶을 그리고 있다.

그런데 이 영화가 칸 영화제에 그랑프리로 결정된 다음에 장예모는 오히려 국제적으로 혹평을 받게 된다. '이제 장예모도 한계가 왔다', '장예모는 중국 공산당을 선전하고 있다'라는 것이다. 그런가 하면 중국 내에서는 '중국의 역사를 비판하고 있다'는 또 다른 혹평을 받으

살구빛 오후

며, 영화가 상영금지 가처분 상태에 놓이게 된다. 국제 영화제와 중국 당국의 두 마리 토끼를 쫓고 있던 장예모는 심한 곤경에 처하게 된다. 그렇다면 그의 진실은 무엇일까?

주인공 부귀는 지주계급 출신으로 방탕한 생활로 인하여 재산을 모두 잃고, 국공내전 시기 국민당에 끌려 군대에 가게 된다. 탈출이 불가능한 상태로 전쟁터를 전전하지만 그는 전쟁의 승패에는 관심이 없고, 단지 살아서 집으로 돌아가는 것이 유일한 희망이다. 나중에 공산당에게 포로가 되어 집으로 돌아오게 된다. 1958년 대약진 시기가 되니, 영화 속의 사람들은 밝고 희망차기만 하다. 강철 만드는 작업에 매달려 때로는 작업장에서 쓰러져 자기도 하며 온갖 열의를 다 보인다. 곧 공산주의를 달성하고 미국과 영국을 따라 잡고 경제 성장을 이룰 것 같기만 하다.

그런 와중에 아들 유경이 죽고 만다. 피곤해서 담장 밑에 누워 자는데 당 간부의 차가 담장을 들이받아 무너진 담벼락에 깔려 죽는다. 또한 부귀의 딸 봉하가 다리를 저는 기술공 민이희와 결혼하게 되는 것으로 문화대혁명은 시작된다. 얼마 후에 봉하가 아이를 낳다가 많은 하혈을 하여 죽게 된다. 봉하가 병원에서 출산하는 장면을 통하여, 문화대혁명의 참상이 보여지기도 한다. 반동분자로 몰린 의사들은 숙청당하고 병원에 남아있던 홍위병 간호 대학생들은 봉하가 하혈하는 것을 막지 못한다. 결국 부귀는 대약진과 문혁으로 인한 새 조국 건설을 위해 유경과 봉하를 바치게 된다.

이제 부귀 부부는 외손자를 키우며 남은 세월을 살아간다. 부귀 부부는 봉하와 유경의 무덤을 찾아가서 외손자의 사진을 무덤 앞에 놓고 지난 이야기를 한다. 부귀는 외손자에게 "병아리는 커서 닭이 되고, 닭은 다시 거위가 되고, 거위가 크면 양이 되고, 양은 소가 되고, 소 다음에는… 네가 어른이 되지. 네가 어른이 되면 소가 아닌 기차나 비행기를 타야지. 그땐 세상이 좋아질거야" 부귀의 말을 통하여 희망찬 중국의 미래를 엿보는 듯 하다.

장예모를 비롯한 5세대 감독들의 특징 중에 하나는 중국 전통문화에 관심을 기울였다는 것이다. '중국적인 것이 세계적이다'라는 주제를 가지고 세계 무대에 도전하였다. 〈홍등〉의 붉은색이나, 〈붉은 수수밭〉의 고량주, 〈패왕별희〉의 경극 따위가 그렇다.

이 영화에서는 또 전통극인 그림자극이 등장한다. 주인공 부귀의 직업이 그림자극을 공연하는 사람으로 설정하여 부귀의 인생이 그림자극의 꼭두각시 같음을 상징하고 있다. 즉 부귀는 한 번도 자기 인생을 선택해본 적이 없다. 그리고 자기 불행에 대하여 불평하지도 않는다. 중국 현대사의 사회주의 건설에 대하여 아무 반항도 하지 못한 채 끌려 다니는 한 가족의 모습을 그림자극의 꼭두각시 인형에 대비하여 중국 역사를 비판하고 있는 듯하다.

영화 〈인생〉의 원작 이름은 『활착活着』이다. 착着은 현재 진행형으로 오히려 제목을 '살아가는 것'으로 해석하는 것이 맞다. 그러므로 원작의 메시지는 삶이 그들을 속이고 역사가 기만할지라도 인민은 살아간다는 의미이다. 장예모는 한 개인과 가족의 경험을 통한 중국 현대사의 비극을 고발하는 것을 뛰어 넘어, 중국인들의 고난의 역사를 통한 눈물의 수용과 넉넉한 인내심, 그리고 중국인의 응전력과 담대함을 그리고 있다.

그의 관심은 공산당의 선전도, 공산당의 비판도 아닌 '중국인민'에 있음을 알 수 있다. 국제 영화제와 중국 정부를 넘나드는 중국의 문화영웅 장예모의 강한 생명력과 적응력 그리고 자기변신의 능력, 치열한 승부근성이 이 영화 속에서 반짝반짝 빛난다. (2006)

한 여자의 몸을 밟고 지나간 역사의 수레바퀴
〈푸른 연〉

이 영화는 5세대 감독 중에 하나인 전장장田莊莊이 감독한 영화로 1993년 작품이다. 그리고 제6회 동경 국제 영화제 그랑프리상을 수상하였다. 스탈린의 사망에서 백가쟁명·백화제방 운동, 반 우파 투쟁, 대약진 운동, 문화대혁명의 동선으로 이어지는 50~60년대에 걸친 중국 사회의 격동의 모습과 한 여자의 운명을 그녀의 아들인 철두鐵頭라는 한 꼬마의 시선으로 담아내고 있다.

1953년 3월 5일 주인공 수연과 소룡이 결혼 준비를 서두르는 모습이 보이고, 이때 라디오 방송이 흘러나온다. 그것은 구소련의 지도자 스탈린의 사망을 알리는 긴급 뉴스였다. 당시 중화인민공화국과 소련은 밀월 관계였다. 수연과 소룡의 결혼은 스탈린의 사망으로 며칠 연기되었다. 열흘 뒤 젊은 부부는 직장 동료들이 지켜보는

살구빛 오후

가운데 모택동 주석의 초상화에 배례를 올리고, 축하객과 신혼부부 일동이 함께 혁명가를 합창하며 사회주의 결혼식을 올린다. 수연은 초등학교 교사이고, 소룡은 도서관 직원인데, 이 부부에게 큰 아들 철두가 태어나면서 어두운 역사의 그림자가 드리워지며, 그것은 1957년에 시작된 반 우파 투쟁이다. 반 우파 투쟁은 1956년 시작된 백가쟁명·백화제방 운동으로 드러난 비판세력들을 우파로 지목하여 숙청한 사건이다. 소룡은 이때 우파분자로 지목되어 흑룡강 성으로 노동개조에 처해진다. 그리고 이듬해 소룡은 사고로 세상을 떠나게 된다. 반 우파 투쟁으로 50만 명이 넘는 지식인들이 우파로 몰려 숙청되고, 소룡과 같이 희생되는 경우도 적지 않았다.

젊은 과부가 된 수연에게 지극 정성으로 보살펴 주는 사내가 있었으니, 그는 소룡의 동료인 이국동이었다. 자기에게 배급된 설탕 따위를 가져다주거나, 석탄을 개서 땔감을 만들어 주는 등 수연 모자를 돌보아준다. 수연은 항상 이것을 고맙게 생각했는데, 나중에 이국동으로부터 소룡을 우파로 보고한 장본인이 자신이라는 이야기를 듣고, 상당한 실망을 하지만 결국 수연은 이국동과 두 번째 결혼을 하게 된다. 철두는 생부를 죽게 만든 사람을 새 아버지로 맞이하게 되는 것이다. 그러나 이국동도

반 우파 투쟁에 이어 불어 닥친 대약진운동에 의해 희생 당하게 된다.

1957년 세계 공산당 대회에서 귀국한 모택동은 경제 건설의 속도를 가속화할 것을 지시한다. 1958년도의 생산고를 두 배로 하라는 모택동의 지시로 모두가 대약진에 분투노력하고 있었다. 이국동도 대약진에 지나치게 몰두하다가 지쳐 과로와 영양실조로 인한 간장병으로 급사하고 마는 것이다.

두 번째 남편까지 여읜 수연은 친정으로 돌아오게 되고, 철두의 교육을 위해 언니의 소개로 상처한 당 간부와 다시 재혼을 하게 된다. 철두는 엄마와 함께 난생 처음 타보는 승용차를 타고 세 번째 아버지의 집을 향하고, 서양풍의 2층집에서 살게 된다. 철두는 동네에서나 학교에서나 싸움질만 일삼는 문제아가 된다. 그러나 세 번째 남편 노오는 철두를 무척 아껴서 수연 모자에게 인간적인 따뜻함과 애정을 베푼다. 그러나 새 아버지도 문화대혁명이라는 역사의 회오리 속에 휘말리게 된다.

문화대혁명은 1956년 시작되어 각 분야의 반동사상을 철저히 비판하고 모든 기존 세력을 반동분자로 규정하여 숙청하였으며, 나중에 사인방의 횡포와 홍위병의 난동으로 10년 중국 역사의 공백 상태를 초래했던 사건이었다. 당 간부였던 새 아버지는 자신에게 불어 닥칠 불길한 운명을 예감하고, 미리 손을 써서 몇 푼의 돈을 수연 모자에게 주고는 이혼을 제안한다. 그럼에도 불구하고 새 아버지가 홍위병에게 끌려간 다음에, 수연은 노동개조 현장에 이끌려 간다. 철두는 엄마를 끌고 가는 홍위병에게 대들다가 정신없이 얻어맞고 쓰러졌다가 간신히 정신 차리고 눈을 떠보니, 철두의 눈에 나무에 걸려 힘없이 날리는 찢어진 연이 보인다.

영화에는 연을 날리는 장면과 찢어진 연이 나무 위에 걸려있는 장면이 자주 등장한다. 마지막 장면 역시 찢어진 연이 나무 위에 걸려있다. 주인공 수연은 3명의 남편을 역사의 급류에 떠내려 보내고, 아들 철두와 살아가기 위하여 세 번 결혼을 한다. 급류에 휘말린 사람은 자신의 의지대로 헤엄칠 수 없다. 엄청난 힘으로 흘러가는 거대한 역사의 홍수 속에 수연은 허우적거리지만 결국 그 여자의 몸은 역사의 수레바퀴에 의해 깊은 자욱을 남기며 흘러가고 모든 꿈은 사라져 간다.

그리고 이 영화에는 푸른색이 화면을 가득 채우고 있는데, 5세대 감독들이 즐겨 다룬 시각적 문제를 전장장도 함께 다루고 있음을 알 수 있다. 푸른색이 상징하는 의미는 희망·자유·우울함 등이 복합적으로 상징되고 있다. 사람들은 연을 날리고, 그 연은 나무 위에 걸리지만 걸린 연을 내리지도 않은 채, 연을 다시 만든다. 연을 내리지 않는 것은 역사의 흐름에 저항하지 않고 흘러가는 것이고, 연을 다시 만들고 날리는 것은 희망을 버리지 않는 것이다. 사람들은 역사의 수레바퀴에 몸이 짓밟히면서도 다시 희망을 가진다. 영화 속에서 연이 세 번 날라 가는 것도 재미있는 상징이다. (2006)

중국 영화 속에 나타난 여성 리더십

　과거 중국 여성은 두 가지로 나눌 수 있다. 남성 위주의 역사 속에 묻혀 종족 보존 기능만 담당했던 여성과 그 환경을 과감히 떨치고 일어나 도전과 혁신의 삶을 살았던 여성들. 역사를 빛낸 여성들의 이야기가 담긴 〈홍등〉과 〈붉은 수수밭〉을 통해 그 속내를 들여다본다.

　1980년대 중반까지도 세계의 영화 무대는 중국 영화에 대해서 거의 무지한 상태였다. 그러나 중국의 선봉파라 불리우는 5세대 감독들이 세계 영화 무대에 등장했을 때 그들의 동양적이고 새로운 영화미학에 세계인들은 충격을 받게 되었다. 5세대 감독 중에 가장 대표적인 감독을 손꼽으라면 주저 없이 장예모 감독을 꼽겠다. 그가 감독으로 데뷔한 첫 작품이자 서베를린 국제 영화제 감독상을 수상한 〈붉은수수밭〉은 장예모의 대표작이다.

〈붉은 수수밭〉의 주인공 구아는 가난한 친정을 구하기 위해 나귀 한 마리에 팔려 문둥병을 앓고 있는 양조장 주인에게 시집을 간다. 흔들거리는 가마문 틈으로 보이는 구아의 가죽신에 가마꾼 여점오는 눈을 뗄 줄 모른다. 그 후 신행길에 올라 친정 가던 날, 구아와 여점오는 붉은 수수밭에서 뜨겁게 맺어진다. 남편이 살해되는 비운 속에 과부가 된 구아는 혼자 힘으로 양조장을 재건하게 되는데, 우여곡절 끝에 수수밭에서 맺어진 여점오가 구아의 남편인양 양조장을 돌보게 된다. 9년 후 수수밭은 일본군 군용도로를 만들기 위해 베어진다. 분노한 마을 사람들은 고량주에 불을 붙여 기관포를 앞세운 일본과 싸운다. 전투 중 구아는 일본군의 기관총 세례 아래 쓰러진다. 뒤늦게 터진 폭탄으로 수수밭은 온통 화염에 쌓인다. 삽시간에 수수밭은 피로 물들고 대지 위에 불사조처럼 여점오 부자가 우뚝 선다. 그리고 그들 머리 위로 핏덩이 같은 붉은 해가 이글거린다.

구아는 일본 제국주의에 대항하는 인물로 가부장제로부터 여성해방을 몸소 실천하고 육체의 해방을 이야기하는 인물이다. 구아는 전통적 여인상에서 벗어나 양조장 주인이 살해된 후 양조장 운영을 책임지는 반 모계사회의 가장이자 일본군에 대항하는 지도자가 되기도 한다. 여성으로서의 정체성을 잃지 않고 개척적이고 능동적인 여인상을 제시해주는 인물이다.

〈홍등〉의 주인공 송련은 본래 19세의 여대생이었으나 집안이 기울자 학업을 중도에 포기하고 진대감의 첩이 된다. 진대감에게는 이미 본 부인과 두 명의 첩이 있었는데, 첩들은 진대감에게 성의 대상일 뿐 아무 의미가 없는 존재일 뿐. 진대감은 저녁이면 하인에게 자신이 어디에서 잘 것인지 말해주며, 하인들은 명을 받들어 해당 화원에 홍등을 건다. 이런 예식은 제법 엄숙하게 진행되었고, 이때 낙점된 부인은 발바닥 안마를 받았는데 경쾌한 안마소리가 후원에 울려 퍼지면 낙점된 여인에게는 승자로서의 쾌감이, 소외된 여인에게는 말할 수 없는 굴욕, 수치 등의 감정이 고조된다. 첩들은 진대감이 자신의 침실을 찾아오도록 치열한 암투를 하는데 이는 집안 내의 주도권을 장악하기 위한 것이다. 그녀들은 하루는 치장하고, 해가 지면 홍등의식에 참여하는 일 이외에는 없다. 무료함과 외로움을 견디지 못한 셋째 부인이 집안 주치의와 불륜행각을 벌이다 사형을 당한다. 충격을 받은 송련이 진대감에게 당신들은 살인했다고 호소하지만, 오히려 송련은 미친 여자 취급을 받는다. 그 후로 다

셋째 부인이 들어왔고, 진씨 집안은 자체적 메카니즘에 의해 또 그대로 반복 순환운동을 한다.

〈홍등〉의 송련은 1920년대 대학을 중퇴한 신여성이면서 진대감의 첩이 된다. 그녀는 지식인으로서의 의식은 오간데 없고 오히려 자신의 학력을 내세우며 하녀와 마찰을 일으키고, 거짓 임신을 음모하고, 셋째 매산을 죽음으로 몰아가는 등 자신의 주체성을 찾지 못하고 가부장제의 폐단 속에 자신이 자신을 옭아매게 된다. 홍등과 발안마의 노예가 되어 첩들과 성의 권력 투쟁을 벌릴 뿐이다. 불합리한 상황에서 저항하기는커녕 그것에 집착하는 한 여성을 통하여 지식인의 비애와 무기력을 보여주고 있다. 주도적이지 못한 여성이 어떻게 환경에 의해서 침몰되는지를 송련을 통해서 보여주고 있다.

구아와 송련을 비교해 보면서 여성리더십을 생각해본다. 송련과 같이 자신의 안일과 행복을 위해서 집착할 때 그 인생은 무가치하게 실패하게 된다. 그러나 구아와 같이 자신이 주체가 되어서 환경을 지배하며 능동적으로 살아가는 여성은 민족과 역사 속에 영향력을 끼치게 되며 지도자로 남게 되는 것이다. (2005)

중국 영화 속의 여성과 『성경』 속의 여성

1980년대 중반까지도 세계의 영화 무대는 중국 영화에 대해 거의 무지한 상태였다. 그러나 중국의 선봉파라 불리우는 5세대 감독들이 세계 영화 무대에 등장했을 때, 그들의 동양적이고 새로운 영화 미학에 세계인들은 충격을 받게 되었다. 5세대 감독 중에 가장 대표적인 감독을 손꼽으라면 주저 없이 장예모 감독을 꼽겠다. 그가 감독으로 데뷔한 첫 작품이자 서베를린 국제 영화제 수상작인 〈붉은 수수밭〉과 1991년 베니스 영화제에 감독상을 수상한 〈홍등〉은 그의 대표작이다.

1) 영화 속에서 들여다 본 중국의 여성

이 두 편의 중국 영화는 장예모의 대표작이면서, 중국 여성영화의 대표작이다. 1920년대 중국은 5·4운동 이

후 사회 각 방면에서 새로운 각성의 물결이 일어나며 변화가 시도되었다. 문학 방면에서도 봉건예교보다는 인간을 중시하는 새로운 문학 운동이『신청년』잡지를 중심으로 시도됐다. 입센Ibsen, Henrik Joha의 특집호를 통하여, 유교의 여성관을 비판하며 여성해방을 부르짖는다. 그 시대의 문단의 영수였던 노신魯迅도 문학작품과 강연 등을 통하여 중국 여성 해방을 주장한다. 그러나 1920년대 중국 여성의 현실은 여전히 열악하고 불평등하였다. 영화 〈붉은 수수밭〉과 〈홍등〉의 시대 배경은 바로 1920년대이며, 혼인 풍속에서 여자가 물건처럼 팔려가는 '매매혼'과 첩이 재산으로 계산되는 '축첩제'가 요지부동으로 가부장제를 받치고 있던 시기였다.

물론 이 두 영화는 장예모라는 영화 귀재의 눈을 통하여 21세기의 담론 '여성'에 참여하게 된다. 남성의 눈을 통하여 여성 문제 전반이 아낌없이 드러나는 충격과 여성을 보는 긍정적 따뜻함이 동시에 느껴졌다. 여성은 오랫동안 남성에 의하여 부차적이고 주변적 존재로 억압되어 왔으며, 남성과 여성은 얼마나 오랫동안 대립되어 왔던가? 장예모는 영화를 통하여 여성문제의 답안을 제시한다. 나는 이러한 따뜻함을 성경에서도 자주 발견한다. 예수의 사랑은 남녀의 구별이 없었다.

2) 삶을 개척하는 능동적인 여성

〈붉은 수수밭〉의 구아는 1920년대 산동성 고밀현 농촌에서 노새 한 마리에 50세 양조장 주인에게 팔려가는 신부이다. '매매혼'은 봉건사회에서부터 끈질기게 명맥을 유지해온 관습이다. 신랑이 돈이나 그 밖의 유가물을 통해 여자를 아내로 맞는 혼인제도로서 본인의 의지보다 부모의 의견에 따라 결정되며, 이 혼인제도에서는 여자는 사고 팔리는 물건으로 간주될 뿐이다. 또 다른 악습은 '축첩제'이다. 첩을 돈으로 사는 것으로 첩이 몇 명이냐는 재산의 많고 적음에 관련된다. 남성주의 권력을 과시하는 악습이다. 구아는 이러한 시대적 배경에서 전통에 따라 가마를 타고 시집을 갔으며, 신행에서 돌아와 보니 양조장 주인인 남편은 의문의 죽음을 당하고 없었다. 구아는 힘든 현실에서 뒤로 물러나지 않는다. 양조장의 일꾼들을 관리하며 새로운 생활을 시작한다. 양조장은 점점 번창하며 흥성하게 된다. 가부장제와 남성중심사회에서 구아는 자기 현실에 좌절하지 않고, 자신의 환경을 이기고 자기 삶의 주인공이 된다.

3) 현실에 안주하는 여성

〈홍등〉의 주인공 송련은 본래 19세의 여대생이었으
나 부친의 사업 실패로 집안이 기울자 학업을 중도에 포
기하고 나이 많은 진대감의 첩이 된다. 진대감에게는 이
미 본 부인과 두 명의 첩이 있었고, 송련은 넷째 부인이
라 불리운다. 첩들은 진대감이 자신의 침실을 찾아오도
록 치열한 암투를 하는데, 그 이유는 진대감을 사랑하기
때문이 아니고 집안 내의 주도권을 장악하기 위함이었
다. 송련은 성의 권력인 홍등을 차지하기 위하여 투쟁하
며, 다른 첩들의 약점을 폭로하고 자기의 이익을 도모하
며 서서히 침몰해 간다. 그녀는 지식인으로서의 의식은
오간데 없고, 오히려 자신의 학력을 내세워 사람들과 마
찰을 일으키고 홍등과 발안마의 노예가 되어 첩들과 성
의 권력 투쟁을 벌일 뿐이다.

송련은 〈붉은 수수밭〉의 구아와 동일한 환경 속에서
동일한 운명의 희생물이 된 여성이다. 그러나 구아는 자
기 운명을 딛고 일본군과 싸우며 자신의 공동체를 승리
로 이끈 여성 지도자로 평가되는 반면, 송련은 진 씨 집
의 넷째 첩으로 들어가면서 그 집안의 성의 권력을 장악
하기 위해서 주변 사람들과 대립하며 그들을 멸망시키고
본인도 멸망하여 미친 여자가 된다. 송련의 인생에는 리

더십이 없다.

구아와 송련을 비교해 본다. 송련과 같이 자신의 안일과 행복을 위해서 집착할 때 그 인생은 무가치하게 실패하게 된다. 그러나 구아와 같이 자신이 주체가 되어서 환경을 지배하며 능동적으로 살아가는 여성은 민족과 역사 속에 영향력을 끼치게 되는 것이다.

4) 성경속의 여성들

하나님은 여성을 소외시킨 적이 없다. 여성에게도 누구도 부인할 수 없는 강력한 능력들이 잠재되어 있기 때문이다. 성경 속에서 그리스도에 대한 충성과 헌신을 가지고 역동적인 삶을 살았던 여성들을 발견하게 된다.

민족과 여성해방의 선각자인 드보라, 하나님을 만난 이스라엘의 어머니 한나, 이스라엘 민족을 구원한 에스더, 사마리아의 첫 여성선교사 사마리아의 여인, 해방된 여성으로서의 진정한 예수의 제자 막달라 마리아, 초대교회의 주역들인 유니아, 뵈뵈, 브리스길라 등이다.

예수님도 제자들의 대열에서 여성들을 제외시키지 않았다. 막달라 마리아, 요안나, 수산나 등은 베드로, 요한, 야고보 등과 마찬가지로 예수가 활동을 시작할 무렵부터 줄곧 그들 따라다녔다(눅 8:1~3). 또 예수가 처형되는 과정에서 여성들은 남성들이 모두 도망간 자리를 지키며 끝까지 포기하지 않고, 제자로서의 본분을 다 하였다. 그것은 예수가 선포한 하나님 나라의 비밀과 그 성격을 여성 제자들이 더 잘 이해하고 있었기 때문이며 그렇기 때문에 그들은 죽음 앞에서도 물러서지 않는 용기를 낼 수 있었던 것이다. 이들은 그리스도의 사역에서 매우 중요한 역할을 하였다. 이러한 충성스러운 여인들은 "자기들 소유로"(눅 8:3) 예수님과 열두 제자를 섬겼다. 그들의 섬김과 후원이 없었다면 그리스도의 사역은 큰 어려움을 겪었을 것이다. 그들의 성실하고 일관된 모습이 없었다면 그렇게 넓은 지역을 다니지 못하였을 것이다. 그들은 그리스도의 사역을 지탱하는 버팀목이었다. 그들은 섬김이 무엇인지 보여주는 탁월한 모델이었다.

주님의 죽음과 부활이 전개되면서 남성 제자들은 곧바로 무대 뒤로 사라졌던 반면에, 여성들은 곧바로 전면에 나선다. 예수님을 따라 다녔던 여 제자들은 부활한 그리스도를 목격한 최초의 증인이 되었다.

막달라 마리아는 셋 가운데서도 두드러졌다. 그녀를 베드로에 비교하고 대비하는 일은 그리스도의 십자가와 무덤 앞에서 훨씬 더 분명해진다. 막달라 마리아는 부활하신 그리스도를 가장 먼저 보고 전한 증인이라는 특별한 역할을 맡음으로써 구원의 역사와 이러한 엄청난 사건들이 성취되는 과정에서 특별한 위치를 차지한다.

아담은 자기 앞에 마주 서있는 여자를 바라보면서 "드디어 나타났구나! 내 뼈 중의 뼈요, 내 살 중의 살이로구나"(창 1:31) 하고 탄성을 발했다고 한다. 그것은 남자와 여자가 대립존재가 아니라 나뉘어져 있으면서도 공통의 끈으로 매여 있는 하나의 공동 존재임을 뜻하는 것이다. 또한 "우리의 모습대로 남자와 여자를 만들고… 보시기에 좋았더라"(창 2:23)는 하나님의 창조 섭리에 순종하는 것이며, 여성을 제자로 삼아 활동하셨던 예수 그리스도의 가르침을 따르는 것이다. 또 그것은 이 땅에 하나님의 나라를 이루는 지름길이기도 하다. (2007)

작가 모순과의 만남 (1)

　나의 동네. 이 말의 어감은 분명 그립고 토속적인 냄새가 난다.

　"나의 살던 고향은 꽃 피는 산골, 복숭아 꽃 살구 꽃 아기 진달래…"

　우리가 어렸을 때 방학이면 찾아가던 외할머니 댁. 그곳은 하루 종일 뒷산을 뛰어다니며 뒹굴고 놀다가 저녁 때 한 모금쯤 마실 수 있는 샘물이 있는 동네였다. 우리는 그렇게도 그립고 포근한 추억이 있는 동네를 나의 동네라고 한다. 그러나 나에게는 또 하나의 고향이 있으니, 그곳은 내가 살고 있는 구로동九老洞이다.

　구로동이라면 아홉 노인이 신선이 되어 하늘로 올라갔다는 전설을 가지고 있는 서울의 한 변두리이며 공단의 매연과 오염된 지하수가 흐르는 음습하고 고통스러운 마을이다. 서울에서도 외곽지대에 속하는 이곳은 시내로 들어가려면 한 시간여를 시달리며 버스로 달려야 하고, 시내에서 이곳을 오려면 한 노선뿐이 없는 만원버스에 시달려야만 한다.

정말 시달린다는 말 외에는 적합한 말이 없을 정도이다. 그 속에 실려 가는 사람들은 대개가 솜처럼 피로에 찌들어있는 도시의 근로자이거나 실직자 또는 학생들이다. 서로가 서로를 양보하고 용납하는 처지가 아니고 그저 부딪고 싸우고 욕설하는 것이 이들이 가지고 있는 삶의 방법이다. 만원버스에서도 이들은 부딪히면 욕설이고 심하면 쥐어뜯고 싸운다. 처음 구로동으로 이사 왔을 때는 버스와 버스에서 매일같이 부딪히게 되는 이러한 싸움이 견디기 어려웠다.

우리가 구로동이라는 곳에 인연을 맺고 살아가면서 이제는, 더구나 구로동이라는 특수지대에서 삶의 의미를 깨우치며 살게 된 것은 약 3년 전이 된다. 갈월동에서 동생들과 자취를 하다가 부모님이 마련해준 아파트로 이사를 하였다. 남의 집 전세방에 살다가 구로동 아파트에서 여자 자매 셋이서 자취를 하게 되었다. 그곳이 구로동이다. 내 젊은 날의 우기雨期를 보낸 곳이다.

구로동의 상습 침수 지역이었던 지역을 철거하고, 그

곳에 아파트를 건립하게 되었는데, 3년 전 용케도 어느 철거민에게서 입주권을 사게 된 것이었다. 나는 아파트에 입주한 후, 계속되는 고지서에 적혀있던 조환종이라는 이름을 기억한다. 조환종이라는 사람은 우리에게 입주권을 판 철거민이었다. 우리에게 입주권을 팔고 충청도로 내려갔다는 그 사람과 우리는 어떠한 인연의 줄을 매달고 있으면서도 우리는 어떠한 한 줄기의 강물을 사이에 두고 있었다. 인간과 인간이 구분되는 슬픔의 한 줄기 강물.

그러나 더욱 놀라운 것은 그 후의 일이었다. 우리가 살고 있는 아파트는 한강변이나 영동 등에서 볼 수 있는 호화판 아파트가 아닌 도시의 무주택자들이 근근이 저축을 하여 내 집을 마련한 열 평 남짓한 아파트였다. 어느 날 아침 아파트 현관 앞에서 기웃거리는 초라한 할머니들과 아이들을 발견했다.

"어디 찾으세요?"

현관을 나서며 내가 묻자.

"누구를 찾긴, 하도 살기 좋은 곳이라 해서 귀경 왔지."

할머니들은 계속 기웃거리며 신기해했다. 만약에 저 할머니들을 백 평 가까운 호화판 아파트를 구경시켜준다면 얼마나 놀랠까? 에스컬레이터가 설치되어 있다는 어느 고관대작의 집을 구경시켜준다면? 나는 외출하는 길을 재촉하며, 끊임없는 질문에 시달렸다.

무언가 석연치 않은 것이 쌓이기 시작했다. 인간이란 무엇인가? 똑같이 존중받아야 할 인간이 어느 사람들은 몇 십만 원짜리 브라우스를 아무 걱정 없이 해 입고, 어느 사람들은 그날 밤을 얼어 죽지 않고 살기 위해서 연탄한 장을 걱정해야 하는가?

나는 타의에 의해 흘러오듯 살게 된 장소인 구로동이라는 곳이 나를 자꾸 괴롭게 고문하는 것을 느꼈다. 어느 때 잘못 접어든 구로동 골목길을 지나가려면 나는 다시 의문에 사로잡힌다. 인간은 무엇을 위하여 살아가는가? 인간이 살아갈 최소한의 공간마저 무시된 좁은 길에 다닥다닥 붙은 방들 앞에는 신발들이 수북이 쌓여있다.

아직도 골목길에는 방분放糞한 부스러기들이 잔해를 이루고, 거의 벌거숭이다시피 한 어린 아이들은 그 골목에 엎드려 손으로 흙을 파고 있다. 그 어린 아이는 '어린이의 해'라는 세계의 구호가 들려오지 않는 구로동의 무허가 주택가 골목에서 햇빛도 없이 시들고 있었다.

이때쯤 나에게도 한 공백기가 있었다. 그 공백기 속에서 내가 끊임없이 헌신한 문자와 문자가 이루어 놓은 관념을 의심하기 시작했다. 나는 무엇을 위해 학문을 하는

가? 현실의 어려움에서도 나를 구해주곤 하던 학문의 세계. 그 끝 지점은 어디쯤일까? 하얀 공백처럼 다가온 시간들 앞에서 나는 의문하고, 그 의문을 풀기 위해서 앓기 시작했다. 나는 그때를 자기확산의 시기였다고 회상한다. 그때의 열병은 자기애만으로는 치유가 되지 않았다. 나는 고통스러운 눈으로 외계를 보았다. 비참하고 참혹한 구로동의 외계를 보았다.

시장을 가면 한 번씩은 싸움판이 벌어지는 것을 본다. 남자와 여자의 고귀한 성性의 분별도 없다. 돈 주머니를 찬 여자도 남자와 붙어서 폭력을 휘두른다. 첫째 일요일이나 셋째 일요일은 시장에도 나갈 수가 없다. 휴일을 맞이한 공단의 남녀 공원들이 거리를 메우고 있기 때문이다. 이때에 시장에 나갈라치면 한 번쯤은 남자 공원들에 의해 시비를 받곤 한다. 대낮에도 아파트 들어오는 입구에 있는 포장마차 집 앞에는 벌겋게 술에 취한 사람들이 너저분하게 누워있거나, 게걸스럽게 싸우고 있다. 이 사람들의 얼굴은 상처투성이고, 작업복 옷과 신발은 흙이 묻어 있었다. 그 사람들은 공단에서 불황으로 실직한 실업자들이었다. 저들은 어젯밤에도 술을 먹고, 오늘 낮에도 술을 먹고, 저녁에도 술을 퍼먹으리라. 그들이 게걸스레 바라는 것은 안락한 의자에 앉아서 피우는 담배 한 개피가 아니다. 인간이면 누구나 부여받아야 될 하루 세끼의 밥과 몸을 온기로 녹여줄 연탄 한 장이다.

그것을 생각하면 나는 온 몸이 부르르 떨린다. 내가 목숨을 걸고 헌신하고 있는 학문이라는 것의 실체가 흐릿해진다. 나는 어쩌면 헛된 것에 생명을 걸고 있으리라는 의심이 생겼다.

나는 어느 날 단골 과일 행상 아저씨와 싸웠다. 과일 가격을 흥정하다가 싸움이 생겼다. 그 후 아저씨에게 과일을 사러가지 않았다. 컴컴한 골목길을 들어서면 리어카에 촛불을 밝히고 멀뚱멀뚱 어둠을 응시하고 있는 그 아저씨와 눈이 마주친다. 그때마다 나는 구두 굽에 힘을 주며 그의 앞에 당당하게 지나간다. 그의 눈은 화해하고 싶은 그윽한 눈이었다.

몇 달이 지났을 무렵, 나는 그와의 싸움을 잊고, 예전처럼 과일을 사기 위하여 리어카 앞으로 가서 이것 저것 타박을 하며 과일을 골랐다. 그때 아저씨는 벌려든 봉지를 집어던지며 사든지 말든지 마음대로 하라고 소리를 질렀다. 나는 순간 매일처럼 나를 향해 호소하던 그의 그윽한 눈이 생각났고, 그가 그동안 상처를 받고 있었다는 것을 느꼈다. 나의 오만이 부끄러웠다. 내가 못 견뎌하던 안개 속의 물체는 오만인지도 모른다. 나, 이기심,

아집, 독선 같은 것 말이다. 관념 속에서 배워온 것은 이런 것들이다. 이러한 관념이 학문의 끝이라면, 나는 그 학문의 끝 지점에서 분명 무너질 것이다. 와르르 소리를 내며 그 많은 시간을 허물어버리고 나는 죽을 것이다.

우선 내가 할 일은 나에게서 벗어나 나 아닌 것을 주의 깊게 응시하는 것이다. 구로동을 응시하는 것이다. 하루종일 방에 누워있으면 나를 확인할 수가 없다. 나는 하나의 공황기였다. 직업도 없었고, 희망도 없었다. 그저 불운한 실패뿐이었고, 자칫 잘못하면 모든 것에서 유리되어 절벽 밑으로 떨어질 좌절감뿐이었다. 나를 유지시켜주던 영양 공급처는 모두 영양을 중단하고 있었다. 나는 오직 나에게만 의지해서 활력을 찾아야했다. 그럴 때마다 나는 시장바구니를 들고 구로동 시장을 간다. 먼지를 뽀얗게 뒤집어쓴 채 그곳에서 악다구니를 지르는 아낙네들을 본다. 삶의 가식 없는 모습이다. 그래서 그들의 모습은 나에게 더욱 진실하게 다가오는지도 모른다.

자칫 잘못하면 한 발을 헛딛을 것만 같은 길을 걸어 집으로 오면 나는 안개 속에서 나를 잡을 것 같다. 그래도 확인할 수 없으면 창문을 열고 지나가는 사람들을 본다. 골목을 지나는 구로동 사람들. 어느 때 보면 그들은 서울 사람들이 아니고, 나의 고향 사람들 같았다. 5일장을

살구빛 오후

보기 위해 소를 몰며 들판을 걸어가던 시골 농부 같은 모습들. 그들은 똑같이 가난한 모습들이었다.

나는 그렇게 많은 시간을 창밖을 바라보는 것으로 소일했다. 많은 시간이 나에게 부여된 것은 참으로 다행이었고, 그 시간 속에서 나는 정말 열편의 논문보다 발전된 결론을 얻었다. 나의 확산. 그리고 타인에의 사랑. 나도 하나의 민중일 수밖에 없는 일체감. 역사에 대한 올바른 헌신. 나는 이것을 내 삶의 밝은 계시로 받아들였다. 희망도 좌절도 절대적이지는 못했다. 나는 그저 욕심 없이 진심으로 살아가는 하나의 민중이고 싶을 뿐이다. 구로동의 가난한 사람들처럼.

구로동은 매연과 공해, 오염, 우범지대 등 극단적인 단어로 수식되는 곳이다. 그러나 이곳에서 살아가는 사람들은 어느 곳에서 살아가는 사람들보다 선량하게 진심으로 살고 있다. 다만 그들의 죄는 가난이다. 그 죄는 거의 원죄이다. 그들은 가진 것이 없기 때문에 죄의 대가를 치루고 있을 뿐이다. 나 역시 가난한 마음으로 그들에게 다가갔기에 이해가 가능했는지도 모르지만, 나는 그들의 가난까지도 사랑한다.

가난은 내가 젖어있던 타성을 일깨워주었고, 안일에서 깨어나게 했으며, 민중이 이루어놓은 역사를 깨우쳐

준 것은 하나의 선물이 된다. 동생들은 학교에 다녀오면 현관문에 들어서면서 책가방을 던지며 소리 지른다.

"이놈의 구로동 언제나 떠나지?"

구로동 냄새, 구로동 터, 구로동, 구로동… 언제나 불만이다. 그때 나는 조심스럽게 한마디를 던진다.

"구로동이 우리에게 가르쳐 주는 것도 있어."

그네들이 나중에 시집을 가서 얼마나 풍요하게 살지, 또는 가난하게 살지는 모르지만 우리가 지금 몸담고 살고 있는 동네 구로동을 이해하고 사랑하는 것은 그네들의 삶을 진실로 풍요롭게 할 것임을 믿는다.

그러던 어느 날, 막내 동생이 학교에 갔다 와서 나에게 말했다.

"언니, 학교에서 오다보니까 버스정류장 앞에 어느 할머니가 파 한 단을 다섯 무더기로 갈라놓고 팔고 있더라. 파 한 단에 얼만데, 다섯 무더기 팔아서 얼마가 남나? 백 원? 이백 원?"

"백 원도 안 남을지 모르지."

"그럼 더위에 뭣 하러 그 고생을 한담."

"백 원을 벌기 위해서."

동생은 그때 아이스크림을 먹으며 오다가, 그 할머니를 보는 순간 아이스크림이 목구멍에 걸려 넘어가지 않더라는 것이다. 나는 철없던 막내 동생이 믿음직스러웠다. 그네가 나를 이해한다는 착각마저 들 정도로 기뻐서 그네의 볼에 입맞춤이라도 하고 싶었다. 하나도 가진 것이 없으면서도 삶을 포기하지 않는 그들. 어떠한 곳에서 실패의 유랑을 거듭하다가 흘러들어온 사람들. 비바람을 견디고 피어나는 들꽃 같은 그들. 나는 그들을 사랑하고, 그들이 호흡하는 구로동을 사랑한다. 나는 그들을 사랑하며 나의 좌절을 넘어섰고, 나를 버림으로써 나는 더욱 심화된 듯하다. 더욱이 내가 학문에 헌신해야 함을 굳건하게 맹세한 것은 구로동의 실체였다.

석간신문에서 중국작가 모순茅盾의 『자야子夜』가 노벨문학상 후보로 선정 되었다는 기사를 읽었다. 나는 밤마다 공책에 깨알 같은 글씨로 『자야』를 번역하기 시작했다. 모순이 노벨상을 받게 되면 한국에서도 분명히 작품이 출간될 것이라는 희망을 가지고. 1979년의 구로동은 『자야』의 배경이 되는 1930년 상해의 뒷골목과 너무 닮아 있었다. 그 무렵 그곳에서 나는 박정희 대통령의 시해 사건을 겪고 있었다. (1981)

작가 모순과의 만남 (2)

지금 밖에는 비가 오고, 바람이 심하게 붑니다. 어제는 타이페이 기온이 33℃이기 때문에 땀을 줄줄 흘리며 수업을 받았는데… 너무도 변덕이 심한 기후인 것 같습니다. 홍콩은 더욱 더 더웁겠지요.

교수님의 고마우신 답장을 받고 기뻐했던 날이 벌써 2주일이나 되어갑니다. 그날로 답장을 쓰려고 책상에 앉았다가 말문이 막혀버리고는… 내내 말문이 막혀버린 상태였습니다.

그러나 오늘은 문득 무언가 토해버리고 싶은 음산한 날이군요. 창밖을 보면 습기 차고, 바람에 심하게 흔들리는 나뭇잎 따위들 때문에 이곳이 대만이라는 실감이 느껴집니다. 아마 끈적끈적한 더위와 함께 장마철이 다가오는 것 같습니다. 어쩌면 이 장마철에 더 자주자주 교수님께 편지를 드릴 수 있다면 좋겠다고 생각을 해봅니다.

한 달 전인가? 신문에 중국작가 모순이 죽었다는 기사를 읽었습니다. 정치대학교 도서관에서 모순의 죽음을 알고, 꼭 방망이로 머리를 한 대 얻어터진 듯 멍하던 느낌이었습니다. 안개가 뽀얗게 깔린 방죽을 걸어 숙소에 돌아와서도 마음이 가라앉지 않았습니다. 저는 곰곰이 모순의 명복을 비는 방법을 연구해보았지만, 결국은 멍하니 방안을 오락가락 하며 지내버리고 말았습니다. 모순의 작품을 읽었던 대학원 시절, 권덕주 교수님께 모순에 대해서 논문을 쓰겠다고 말씀을 드린 적도 있었고, 그 후에도 고집스럽게 애정을 느끼던 작가였습니다.

홍콩에 가서도 모순에 대한 자료만 잔뜩 사가지고 돌아왔습니다. 나 자신도 모순의 어떤 곳이 좋은지, 명확하게 모르면서 주위의 사람들에게 나와 모순을 연관시키려고 애쓰는 못난 모습. 이상한 집착을 가졌던 모순의 죽음을 확인한 날, 왜 제가 허무했는지 교수님은 이해하실까요?

제가 대학원을 졸업한 해. 그러니까 그해는 19년의 나의 학교생활이 끝나는 해였습니다. 그리고 그때쯤 삼 년간 아무 목적 없이 모든 것을 걸었던 한자 공부가 이상한 곰팡내를 풍기기 시작했습니다. 나는 한자를 미워하기 시작했고, 그것과 함께 27년을 살아온 나의 내벽을 허무는 작업을 시작했습니다. 철저하게 모든 것을 부정하려고 나를 뒤집기 시작했습니다. 그리고 나는 나의 내장이 조금씩 녹이 쓸었고, 머리 쪽에는 곰팡내가 나는 것을 발견했습니다. 그때 나에게 필요한 것은 지식이 아니라, 햇빛과 바람과 공기였습니다. 하여 나는 아침부터 해가 뉘엿뉘엿 질 때까지 아파트 앞의 시멘트 화단 앞에서 멍하니 앉아 있곤 했습니다. 그리웠던 햇빛과 바람과 공기를 만지고 싶었습니다. 그럴수록 한자는 더욱 나를 녹슬게 하는 것 같았고, 나는 너절부레한 시간 속에서 중국 문학과 나의 통로를 모순의 작품을 읽는 것으로 보냈습니다.

밤이면 모순의 작품을 읽고, 낮이면 뽀얀 먼지 속을 걸어서 구로동 공업단지를 다녀왔습니다. 내가 공부한 한자는 아무 쓸모없는 드라이플라워였습니다. 너무나 정신력이 부족하여, 구로동 먼지 속을 걸을 때는 내 발이 허공을 거니는 것 같은 무중력을 느꼈습니다. 그때 구로동은 경제 불황으로 심하게 허덕이고 있었기 때문에 구로동 냄새 나는 골목에는 가끔 실업자들이 술에 취하여 쓰러져있는 것을 볼 수 있었습니다. 그들은 어젯

밤에도 술을 먹고, 오늘 낮에도 술을 먹고, 저녁에도 술을 먹을 것 같았습니다. 그들이 간혹 술을 먹고 피를 흘리며 싸우기도 하였는데, 그들이 피 흘려 싸우며 갖고자 하는 것은 안락한 의자에 앉아서 피우는 담배 한 개피가 아니라, 인간이면 누구나 부여받아야 될 하루 세끼의 밥과 연탄 한 장이었습니다. 나는 배 속까지 당기는 고통을 느꼈고, 나의 희망과 좌절이라는 것이 무엇인지 이해할 수가 없었습니다. 그때쯤 나는 구로동과 모순의 작품 속에 나오는 '못 가진 자'의 고통을 알게 되었습니다. 저는 그때의 느낌이 하도 찬란해서, 새로운 삶에 계시 같은 느낌이 들곤 합니다.

이상이 제가 가지고 있는 모순의 애정이고, 내가 공부하는 한자에 대한 속 쓰린 체험이고, 내 20대 우기의 스토리였습니다.

저는 지금까지 무슨 이야기를 썼는지 잘 모르겠습니다. 다만 모순의 죽음을 이야기 하려다가 이야기가 장황하게 길어진 것 같습니다. 그러나 저는 이 편지를 띄우면서 「임금님 귀는 당나귀」라는 동화를 생각해 봅니다. 산속에 가서 소리 지르고 싶었던 이야기를 교수님께 띄우려니 조금은 쑥스러운 것 같습니다.

그러나 지금은 내 인생의 우기이고, 제가 지금 외로

운 입장이라는 것으로 교수님께 용서를 구하겠습니다.
다시 또 재미있는 일들이 있으면 서신 드리겠습니다.
(1981)

P.S : 이 서신은 L 교수님에 의해서 중국의 작가 모순
의 유가족들에게 전해졌다는 후일담을 들었다.

중국 소설을 연구하며

시간 및 장소 : 2006년 2월 21일 화요일 오후 2시 숙대 노혜숙 교수 연구실

새 학기 개강을 얼마 남겨놓지 않은 시간, 남학생들에게는 언제나 신비스러움으로 다가오는 정갈한 캠퍼스의 숙명여자대학교를 찾았다. 말끔히 정리된 선생님의 연구실을 들어선 순간 너무도 꼼꼼하게 준비된 메모와 목록집 등 인터뷰 관련 자료들로 인해 우리 인터뷰 팀은 오히려 약간의 긴장감(?)마저 느껴야 했다. 그러나 막상 인터뷰가 시작되자 우리의 이러한 긴장감은 오히려 선생님의 진지하고도 성실한 대화를 통해 즐겁고 알찬 인터뷰를 진행할 수 있었다.

Q) 바쁘신 시간 속에서도 이렇게 인터뷰에 응해주서서 감사합니다. 인터뷰라는 형식화된 내용이 선생님께 너무 부담을 드린 건 아닌지 모르겠습니다.

A) 큰 부담은 없었어요. 오히려 이번 기회에 자신을 돌아볼 수 있었어요. 매년 연구 업적서를 정리해서 내기만 했지, 전체적으로 조망해 볼 수가 없었는데 이번 기회에 그동안 뭘 썼는지도 회고해 보고, 무엇을 정리해야 하는지도 생각해 볼 수 있었지요. 중국 소설학회는 학회 출범 당시부터 참여하였고, 회장을 역임했던 학회이기도 하지만 더욱 애착이 가는 이유는 중국 소설 연구가 내 학문의 본질이라는 정체성 때문인 것 같아요.

학회 초기에는 회원들이 자주 모였어요. 한 달에 한 번씩 대우 재단 건물에서 모여 『중국소설사략』을 윤독하던 때가 생각나는군요. 이민숙 선생님도 그때가 기억나죠?

이민숙) 물론이죠. 한 달에 한 번이었어요.

A) 그게 참 어렵더라고요. 그런 것도 참여하고, 또 임

살구빛 오후

원회의 해야지. 회보는 또 우리 선배 회장님들 얘기가 절대로 빠지면 안 된다고 해서 모든 열정을 쏟아서 만들기도 했어요. 최용철 선생님은 제 동기지만 선배 수준이에요, 저한테는. (일동 웃음) 선배 회장님들 하는 것을 보면 회보가 끊어지는 걸 학회가 끝나는 걸로 여겼어요. 그래서 회보 편집을 직접 하지는 않는데 신경이 많이 쓰였어요. 회장 임기를 마칠 때 회보에 대한 실수를 하지 않은 것에 가슴을 쓸어내릴 정도였어요.

Q) 중국 문학을 선택한 계기는 어떤 것인지요? 아마 두 가지 측면에서 살펴볼 수가 있을 듯합니다. 대학을 선택하면서 중문과에 입학하게 된 계기와 이후 대학원이라는 학문으로서의 선택을 하게 되는 계기가 다르실 수도 있을텐데요. 선생님께서는 어떤 계기들로 인해 중국 문학의 길로 들어서게 되셨는지요?

A) 지금은 중국 문학을 연구한다고 하면 누구나 환영하고 부러워하기도 하지요. 어떻게 그 옛날에 이런 탁월한 선택을 했는가 하고요. 그러나 제가 중문과를 진학하던 1972년은 지금과 상황이 달랐어요. 다행히 1972년 당시 중미간의 핑퐁 외교로 미국 닉슨 대통령이 중국 북

경을 방문하게 된 것이 세계적으로 중국에 대한 막연한 기대감을 갖게 했어요. 그 기대감의 하나가 1972년에 한국에서도 고려대, 단국대, 청주대, 숙대에서 중문과를 설립하게 되었지요. 저는 아버지의 영향을 받았어요. 당시 언론이나 책을 통해서 미래를 전망하셨던 것 같아요. 나는 독문학이나 불문학을 전공하겠다는 꿈을 가지고 있었는데, 아버지께서는 중국문학을 권하셨어요. 중국이 눈을 뜨면 포효咆哮할 것이라고 하셨어요. 그리고 그 많은 사람들에게 볼펜 하나만 팔아도 액수가 엄청날 것이라고 내 마음을 부추기셨던 것들이 새롭게 생각나요. 그래서 중문과를 왔고, 제가 공부를 할 수 있었던 것이나 어려움을 잘 견딜 수 있었던 것도 아버지의 힘이 컸어요. 아버지가 중국 문학을 하는 것을 굉장히 자랑스럽게 생각하셨어요. 어려운 것 한다고 격려해주신 것이 나에게 힘이 많이 되었지요.

1, 2학년 때는 공부를 별로 안했지요. 3학년이 되면서 진로를 생각하고 그러면서 대학원에 와서 공부를 했어요. 76년에 졸업했는데, 77년에 석사과정이 개설이 되어 대학원에 진학하고 조교를 했지요. 교수님들 곁에서 지도를 받으며 공부를 했어요. 소설을 전공하게 된 직

접적인 영향은 지금은 작고하신 하정옥 교수님께 하지청夏志淸의『중국소설사』를 영어로 수업을 받았는데, 그때 너무나 신선한 충격을 받았어요. 당시 사회적 상황이 말이 아니었어요. 학교에서 현대 문학 수업을 하는 것은 「아큐정전」도 「××정전」으로 배우던 시절이었지요. 현대문학도 거의 창조사만 가르치고, 주자청의 산문, 진독수의 문학혁명론도 안하고 그냥 호적의 문학개량추의만 하고 끝났어요. 그래서 그때에는 중국 현대문학이 없는 줄 알았어요. 당시에는 수업에서도 그런 내용이 허락되지 않았던 것 같아요. 74~75년 때지요. 하정옥 교수님과 영문으로 파금, 노사, 모순 등을 읽었어요. 어느 날 모순이 노벨상 후보에 올라갔다는 소식을 알려주셨어요. 그러시면서 건네주셨던 중국어 원문의『자야子夜』가 참 인상적이었어요. 1978년 공화당 정권 말기의 사회적 흐름 속에서 '공부를 해야 하나' 하는 시대에 대한 죄의식 같은 것에 빠져 고민하고 있었지요. 그때『자야』를 읽으면서 사회적 갈증이 많이 해소되었어요. 밤이면 교수님이 주신『자야』를 노트에 깨알 같은 글씨로 번역했던 기억이 나요. 모순이 노벨상을 타면 내가 번역한『자야』가 히트할 것을 꿈꾸면서. 그러나 모순이 노벨상을 타지 못해서 허무하게 끝났어요. 내 젊은 날의 초상화이지요.

모순에 대한 관심이 많았지만 석사 논문의 주제로 연구하지는 못했어요. 당시 사회적 분위기가 용납되지 못했기 때문이에요. 지도교수와 의논해서 '당대 몽환류 소설唐代 夢幻類 小說'에 대해서 연구하기로 하였는데, 그것이 당전기唐傳奇와 연관을 맺게 된 계기였어요.

1979년 말에 석사논문을 마치고 대만 국립사범대학 국문연구소 박사반에 입학을 했어요. 그때 유학을 떠나면서 대만에 가서 현대문학을 연구해야지 생각을 했어요. 물론 대만에서도 대륙 작가 연구는 쉽지 않았지요. 거기에다가 사범대학의 학풍이 굉장히 보수적이고 국학 중심의 대학이었어요. 『십삼경주소十三經注疏』 방점 찍는 것부터 문자학, 문헌학, 음운학 등의 수업이 많았어요. 대륙작가 연구는 꿈꿀 수가 없었어요. 그 대신 임윤林尹 교수님의 장자 수업을 들을 수 있었던 것이 큰 행운이었어요. 몽환소설을 연구하려니 꿈을 이해해야 하고, 꿈을 이해하려니 장자의 「제물론齊物論」을 빼놓을 수 없었지요. 장자 공부 덕분에 중국 문학에 대한 이해가 깊어진 것 같았어요. 박사논문 지도교수는 대만대학교 엽경병葉慶炳 교수님이셨어요. 내 논문 계획서에 관심을 보여주시며 자상하게 논문 지도를 해주셨던 그 분을 참

잊을 수가 없어요. 제가 석사를 국내에서 끝내고 박사논문을 대만에서 중국어로 써야 하는데, 지도교수께서 고쳐줄 게 너무 많은 거에요. 빨간색 펜으로 중국어가 약한 저를 위해 일일이 첨삭을 해주셨어요. 지금도 엽경병 교수가 빨간색 펜으로 수정을 해준 박사논문 초고 원고를 집안의 가보처럼 간직하고 있어요. 박사논문의 주제는 당대 전기인 「침중기枕中記」, 「남가태수전南柯太守傳」과 명대 전기인 「한단기邯鄲記」, 「남가기南柯記」의 비교연구였어요. 당대 전기와 명대 전기를 비교하면서 구성, 주제, 인물이 어떻게 생략되거나 변화되었는지도 연구하였지요.

가족과 떨어져서 박사 논문을 썼던 시기가 내 인생에서 가장 힘든 시기였던 것 같아요. 그때 힘든 나를 지켜보아 주셨던 엽경병 교수님이 가끔 생각이 나요. 나도 제자들에게 가끔씩 생각나는 스승이 되고 싶어요… 쉽지 않겠지요. 논문 지도는 철저하고 다소 까다롭게 해주셨지만, 여러 가지로 배려해주시고 격려해주셨던 지도교수님. 그러나 병마로 돌아가신 다음에야 그 소식을 들었던 무심한 제자이기도 하지요. 그때 참 인생이 무상했어요.

Q) 최근 선생님의 논문들을 살펴보면 여성문제와 관련된 글들을 많이 쓰시는 듯 한데요. 이와 관련해서 선생님이 여성문제에 관심을 가지시게 된 계기를 설명해 주신다면요.

A) 여성에 대한 부분은 1996년부터 숙대 아세아 여성문제연구소 소장을 하면서 영향을 받게 되었어요. 그때 '한중 여성 학술대회'를 주최하기도 했어요. 한중관계 초기에 북경대학교 부녀연구소와 이대 한국 여성연구원과 숙대 아세아 여성문제연구소와 공동으로 학술대회를 개최했어요. 몇 해에 걸쳐서 개최했는데 초기 한중 학술교류의 물꼬를 텄다고 해야겠지요. 그때 당시에 여성학회 이사, 여성 특별 위원회 자문위원 이런 자리를 맡게 되면서, 전반적인 한국 여성문제에 대해 관여를 하였고, 여성이 사회 구조적으로 불평등하다는 것을 깨달았어요. 그러면서 본격적으로 연구를 하게 된 셈이지요.

Q) 남성들의 입장에서 보면 투쟁, 인간이 대상이 아닌 남성의 상대적 개념인 여성만의 권리 찾기 등에서 일정 부분 페미니즘에 대한 두려움도 있는 것 같은데요.

A) 페미니즘이라는 것은 이 사회가 가부장제라는 것을 인정하고 시작하거든요. 그것을 인정하지 않으면 논리가 성립이 안돼요. 인정을 하게 되면, 여성은 억압을 받았기에 투쟁을 할 수밖에 없게 되죠. 그래도 나름대로 한국 페미니즘 운동이 문제를 잘 풀어 왔다고 생각해요. 지금은 페미니즘 운동이 많이 원숙한 단계에 이르렀어요. 초기에는 너무 대립적이고 투쟁만 하다 보니까 숨이 가쁠 지경이었어요.

요즘 중국 문학 쪽에서도 여성을 주제로 연구한 논문들이 많은 것 같아요. 그러나 중국 문학계에서 페미니즘에 대한 고민이 없었던 것에 대하여 우려가 돼요. 요즘의 대세가 페미니즘이라고 해서 아무런 고민 없이 페미니즘 쪽에 편승하는 것은 바람직하지 않아요. 무조건 여성 주인공이나 여성 작가의 작품만을 다루면 여성이고 페미니즘 쪽이라고 생각하는데, 저는 그것이 굉장히 싫어요. 이것은 저의 호, 불호를 떠나서 학계가 진지하게 생각해야 할 문제에요.

장예모 감독의 두 영화 〈홍등〉과 〈붉은 수수밭〉을 보면 정말 남성이면서도 여성문제에 대하여 그렇게 천착하고 있는지 감탄하곤 하지요.

Q) 중국 문학, 특히 현대문학을 연구하시는데 사회문제로 갈등을 겪으시는 분들도 있으신데요. 선생님은 이런 과정에서 사회와 학문 등을 조화시키는 데에 혹시 어려운 부분은 없으셨나요?

A) 저는 비교적 시대의 변화를 주목하고 적극적으로 대처한 편이에요. 저는 사회를 통하여 자극을 받고 그것을 교육과 연구에 접목시키는 작업을 계속했어요. 앞에서 '여성'에 관한 것은 이미 언급을 했어요. 그 다음은 90년대 말에 있었던 인문학의 위기에 대해서도 저는 비교적 긍정적 관심을 가졌어요. 숙대라는 학교 분위기도 그 부분에 앞서 나가서 궁합이 잘 맞았지요. 학교 차원에서 비교적 이른 시기부터 인문학에 대한 변신을 요구했고, 저는 그 동안의 커리큘럼으로는 시대의 변화를 수용할 수가 없다는 생각으로 그 변화에 대해 적극적으로 대처하여 '중국문학과 영화'라는 수업을 개발했어요. 그런데 인문학의 위기라고 하는데, 인문학의 위기가 아니더라구요. 아무리 21세기가 영상시대라고 해도 그 모든 텍스트는 문학이에요. 문학적 감수성과 상상력은 오히려

21세기의 중요한 문화 콘텐츠이지요. 학부에서 강의한 중국 영화 수업은 많은 학생들이 선호하게 되었고, 더 나아가서 학생들의 진로에도 깊은 영향을 주어서 졸업생 중에 중국영화를 전공하거나 영화 분야에 취업할 수 있게 되었지요. 대학원 논문 중에도 비교적 빠른 시기에 중국 영화에 대한 논문이 여러 편 나오게 된 것도 저에게는 뿌듯한 일 중에 하나에요. 이제 영화와 문학은 매우 긴밀한 관계가 되었고, 이미 떼려야 뗄 수도 없다고 봐요. 시대와 사회에 대하여 고민을 했었고 '살아있는 학문'을 하고 싶은 간절함으로 '여성'과 '영화'에 대하여 긍정적 변화를 하였던 것이 지금 돌이켜 보니 잘했다 싶어요. '중국소설연구'라는 나무 그루터기만 껴안고 씨름하지 않았어요. 텍스트가 중국 소설이라면 시대에 맞는 그릇에 담아내는 것을 계속 하고 싶어요. 예를 들면 이 시대의 화두는 '리더십'인데, 중국소설을 통하여 '리더십'의 화두를 풀어가고 싶어요. 다른 전공 분야의 연구자들도 이러한 내 작업을 반기는 것 같아요. 이것이 사회와 학문을 조화시키는 것은 아닐지?

Q) 선생님이 쓰신 논문이나 저술 중 중국소설, 혹은 중국 문학을 전공하려는 후학들에게 한번쯤은 읽어봤으

면 하고 권하는 글이 있으면 말씀해주세요.

A) 1989년도에 숙대 교수님들과 함께 공저를 했던 『중국여성연구』라는 책이 참 애착이 가요. 지금 숙대 총장이신 이경숙 총장 등 몇몇 선생님들과 함께 저술한 것인데 참 의미가 있는 책인 것 같아 소개하고 싶어요.

제 연구의 방면은 당 전기와 여성 쪽인 것 같아요. 당 전기에서 소개하고 싶은 논문은 몽환소설의 구조에 대하여 연구한 「唐代 夢幻類 小說의 結構와 思想의 探討」와 침중기枕中記를 도교적 입장에서 연구한 「枕中記와 道敎」이고요. 여성 문학 연구에서 소개하고 싶은 논문은 「中國文學의 現代化와 女性意識의 변모」를 소개하고 싶습니다.

Q) 지금까지 중국 문학, 중국소설들에 대한 연구를 하시면서 이를 전공하려는 후학들이라면 반드시 읽어 보아야만 한다고 권하고 싶은 것이 있다면요?

A) 소설에 대해서는 노신의 『중국소설사략』을 추천하고 싶어요. 꼭 읽어봐야 한다고 생각해요. 저는 지금도 전체 줄기를 봐야할 때는 노신의 『중국소설사략』을 찾아 봐요. 논문으로는 양계초의 「논소설여군치지관계論小說

興群治之關係」라는 논문이 중국의 현대소설을 이해하는 중요한 열쇠였던 것 같아요. 거기에다가 중국 문학 자체를 이해하는데도 필요하다고 봐요. 양계초가 말하고 있는 소설의 공리성을 잘 이해하지 못한다면 현대소설을 이해하기 힘들지요. 그리고 『장자』가 중국문학을 이해하는데 많은 도움이 됐어요.

Q) 최근 선생님의 모습을 학회에서 자주 뵐 수는 없었지만 여전히 저희 소설학회에 대해 많은 관심으로 지켜봐주시는 것으로 알고 있습니다. 특히 조관희 회장님은 금번 임기 2년 동안 학회 성립 초기의 많은 분들이 보여주셨던 열정과 성의를 실감하지 못했던 저희들에게 많은 귀감을 보여주셨는데요. 선생님께서는 이러한 학회의 모습을 어떻게 바라보시고 계시며, 또한 학회가 앞으로 지향해야 할 방향이 있다면 말씀해 주십시오.

A) 소설학회에 자주 참석하지 못했었던 점 정말 사과드려요. 왜 자주 참석하지 못했는가를 이야기하면 구차한 변명이지요. 애정이 있으면서도 표현을 못했어요.

저는 소설학회에 대하여 항상 '학문의 빚진 자'의 기분이 들곤 해요. 박사 논문을 끝내고 귀국했을 때, 학문에 대한 개인적인 방향성이 없었던 나에게 소설학회 활동은 큰 도움이 되었어요. 『중국소설사』 공동 저술 작업도 그러했고, 『중국소설 총목 제요』 번역 작업도 그러했어요. 이러한 상황은 지금도 동일하리라 생각돼요. 후배 학자들이 소설학회 활동 방향에 영향을 받는다는 것이지요. 학회도 시대를 읽어야 한다고 생각해요. 변할 수 있으면 빨리 변화할 수 있기를 바래요. 연구자들의 트랜드를 선도하는 것도 학회의 몫인 것 같아요.

요즘 유행하는 말 중에 하나가 '융합화'라는 말이 있어요. 한동안 유행했던 학제 간 연구의 범위에서 벗어나서 이젠 통합적 연구를 원한다는 것이지요. '텍스트가 중국소설'이면 어떤 변화라도 시도를 해야 한다고 생각해요.

학회 회원 간의 유대 관계가 활성화되는 것도 중요하다고 생각해요. 장르별 학회의 결점 부분을 잘 극복해야 한다고 생각해요. 하지만 그것이 모든 문제의 근본은 아니라는 생각이 들어요. 단순한 인간관계가 아니라, 좀 더 열린 자세의 학문적 네트워킹을 만들어가야 한다는 거지요. 학회가 견고하게 운영될 수 있는 시스템 정비가 필요합니다.

Q) 지금까지의 연구 경과와 함께 향후 선생님께서 계획하고 계신 연구 계획이 있으시다면 말씀해 주십시오.

A) 종래에 관심을 가지고 있던 페미니즘 연구를 좀 더 하고 싶어요. 중국문학사는 한마디로 남성문학사잖아요. 중국여성문학사를 정리하고 싶어요. 중국 영화에 대한 관심도 저술이나 연구로 확산되기를 바래요. 요즘 또 '리더십'에 대해서 학교 수업이나 특강을 하곤 하는데 이 분야도 중국소설을 텍스트로 하여 연구하고 싶어요. 더 나아가서는 나의 관심이 모두 융합된 '중국 영화와 페미니즘' 이라든지 '페미니즘 리더십' 같은 주제로 연구하고 싶어요.

요즘 재미있는 현상은 하고 싶은 것들이 많아지는 증세예요. 갱년기 증세인가? 연구하고 싶은 주제도 아주 많아져요. 기대해 주세요. (2005)

셋.

Thank you, My Lord

기적입니다

남편과 두 딸의 도움으로 학교생활과 가정을 병행하며 열심히 살아가던 중 남편이 뇌출혈로 쓰러졌다. 7년 전에 뇌경색으로 입원했을 때, 다음에 쓰러지면 위험하다는 의사 선생님의 말씀 때문에 항상 건강에 조심하고 있었는데도 또 다시 쓰러지게 되었다. 학교에서 연락을 받고 응급실로 달려가면서 남편의 장례식을 생각했다. 남편은 좌측 뇌에 30cc의 출혈이 있어 급히 수술을 받았으며, 그때부터 길고 긴 투병이 시작되었다. 2차 수술, 다시 폐렴 발생, 가슴에 혹 발견, 재입원 등 악순환은 계속되었다.

그즈음 다니던 교회가 어려움을 겪으며 모처럼 시작한 신앙생활이 흔들리고 있었다. 평소에 존경하던 옥성

석 목사님이 섬기시는 충정교회가 일산으로 옮기셨다는 이야기를 듣고, 하나님의 인도하심으로 충정교회에 출석하게 되었다. 교회 출석뿐만 아니라 교회 근처로 이사까지 하게 되었는데, 집에서 조금만 걸어 나오면 충정교회의 십자가가 보이는 곳이었다. 집이 교회에서 가까웠기 때문에 교회에서 열리는 모든 예배, 주일예배, 새벽기도, 금요예배, 특별기도회에 참석할 수가 있었던 것이 감격이기도 했다. 또 지금 돌이켜보니, 그것이 내 모든 축복의 근원이기도 했다. 목사님 설교를 듣고 찬양을 마음껏 하고 기도를 하고 나면 고통이 물안개가 되어 사라지듯 없어져 버렸다. 힘든 현실을 바라보고 있는데 마음은 편안했다. 하나님과 충정교회는 세상의 패잔병이 된 나를 참으로 따뜻하게 안아주었다.

큰딸 수능까지 살아주기만을 기다렸던 남편은 용케도 잘 견뎌주었지만 병세는 날로 깊어져 갔다. 시집 식구들도 친정 식구들도 나까지도 남편 병간호에 지쳐 갔다. 어느 날 폐렴으로 악화되어 콧줄을 끼고 있던 남편을 내려다보며, 남편의 손을 놓기로 결심했다.

남편은 결혼한 후에도 계속 공부하고 싶다는 아내의 요구를 존중해서 8년여의 해외 유학을 허락하고, 가정보다는 학교 일이 우선인 아내를 항상 이해하며 지켜보았다. 덜커덕 남편이 쓰러지고 나니, 세상의 명예와 학식에 빠져있던 내 모습이 부끄럽고 회한만 쌓여갔다. 남편을 그냥 보낼 수가 없었는데… 그러나 남편은 이제 가야 할 때가 된 것 같았다. 믿음이 생기고 보니, 1년 2년 더 사는 게 그렇게 중요하지가 않았다. 남편의 보약과 약을 끊기로 했다. 보약과 약을 끊고 나서는 남편을 마주 대할 수가 없고, 잠을 잘 수가 없어서 새벽에 교회로 달려 나오곤 했다.

어느 날 새벽기도 후에 돌아와 보니 눈도 못 뜨고 누워 있던 남편이 방바닥에 뒹굴어 떨어져 있었다. 나는 누가 아픈 사람을 떼밀어 이렇게 했는가? 식구들을 야단쳤지만 누가 떼밀어서 그런 것이 아니었다. 그 후에도 몇 번 남편은 있는 힘을 다해서 자기 몸을 뒹굴곤 했다. 그것도 내가 보고 있을 때마다 더 심했다. 나는 하나님께서 남편을 포기하지 말라는 말씀을 하고 있다고 받아 들였다. 인간이 결정할 수 있는 것은 아무 것도 없었다. 하나님 앞에 두 손 들고 항복했다.

미음부터 시작, 토하면 며칠 굶었다가 다시 미음부터 시작, 과일 주스, 죽… 남편은 기적같이 회복하고 있었다. 눈을 뜨더니 침대에서 일어나고, 한 걸음 걷고 두 걸음 걷고… 이제는 비척이지 않고 튼튼하게 두 발로 걷고 있다.

우리는 일주일에 한번 목사님 설교를 듣지만 남편은 테이프로 일주일 내내 설교를 들으며 통곡을 한다. 남편의 마음 속 내부에 회개할 것이 많은 것 같다. 이제는 하나님이 언제 어느 때 남편을 데려간다고 해도 힘들지 않게 웃으며 찬양하며 보낼 수 있을 것 같다. 친정에서도 시집에서도 숙대에서도 기적이라고 말을 했다. 담당의사 입에서 기적이라는 말이 나왔을 때는 온 몸이 전율하는 것 같았다.

하나님은 고통 가운데에서 나와 함께 하시며, 나를 새로운 나로 변화시켜 하나님 은혜를 맛보게 하셨다. 이제 남은 것은 내가 받은 하나님의 은혜와 사랑을 하나님께 돌려 드리는 일만 남았다. '하나님! 제가 하나님께 해드릴 것이 무엇일까요? 하나님 말고 나를 감동시키는 것은 아무 것도 없습니다.' 평생 매달려 연구해 온 중국 문학 작품도 이제는 나에게 감동을 주지 않는다. 도연명, 이백, 두보, 소동파… 그들의 주제는 현세에서 어떻게 사느냐의 철학이고, 죽음의 문제를 해결하지 못했으니 항상 인생무상이다. 결론 부분에서 항상 우물쭈물해야 하는 딜레마에 빠져 있다.

중국어 성경 반을 오랫동안 기도하며 준비해 왔다. 중국어 성경 반을 모집하니 많은 학생들이 몰려 왔다. 젊고 예쁘고 총명한 여대생들이 중국 선교의 꿈을 안고 열심히 성경을 읽고, 기도하고 중국어 찬양을 하는 모습을 지켜보며 여기까지 나를 인도하신 하나님의 놀라운 계획을 알 것 같다. "시작은 미미하나 끝은 창대하리라"(욥 8:7)는 하나님 말씀처럼 지금은 작은 발걸음이지만, 남은 생애가 하나님만 바라보며 교회를 섬기는 시간이 되기를 소망한다. (2003)

하나님은 살아계신다

"너희 중에 고난 당하는 자가 있느냐 그는 기도할 것이요 즐거워하는 자가 있느냐 그는 찬송할지니라 너희 중에 병든 자가 있느냐 그는 교회의 장로들을 청할 것이요 그들은 주의 이름으로 기름을 바르며 그를 위하여 기도할지니라 믿음의 기도는 병든 자를 구원 하리니 주께서 그를 일으키시리라 혹시 죄를 범하였을 지라도 사하심을 받으리라"(약 5:13~15)

남편은 1999년 11월 첫 추위에 뇌출혈로 쓰러졌다. 1차 수술이 끝나고 의사 선생님이 나에게 보여주신 하얀 종지 속의 30cc 혈액. 남편의 뇌에서 출혈된 혈액이었다. 다행히 출혈이 있고 나서 비교적 빠른 시간에 수술을 할 수 있어서 큰 후유증 없이 투병을 할 수 있었다.

그러나 2년 후 다시 위기가 왔다. 그래서 2차 뇌수술을 받았다. 2차 뇌수술의 후유증은 1차 때보다 좀 심각했다. 폐렴이 왔기 때문이다. 수술 후에 폐렴이 오면 굉장히 위험하다고 주변 사람들은 충고했다. 그즈음에는 새벽기도를 가기 위하여 집을 교회 근처로 옮기고 기도에 매달렸다. 남편을 포기하기에는 아이들이 너무 어렸다. 그리고 교회만 가면 내 마음이 편안했다. 내가 처한 현실을 다 잊을 수 있었다. 그러나 남편은 폐렴의 후유증도 기적 같이 극복하고 다시 콧줄로나마 식사를 시작했고, 다시 투병의 시간이 계속 되었다.

그러나 다시 2년 후인 2003년 11월에 화장실에 가던 남편이 낙상하면서 발을 다쳤다. 그렇게 다시 시작한 위기는 심상치 않았다. 발을 다쳐서 움직이지 못하던 남편에게 어느 날 위급한 상황이 왔다. 혈압이 제로상태. 산소 호흡기를 쓰고 119 구급차를 타고 응급실로 갔다. 신장은 파괴상태이고 패혈증이 왔다. 중환자실에 남편을 뉘여 놓고 병원 기도실에서 기도하는 나날이었다. 다시 기적같이 중환자실에서 일반병실로 왔고, 신장상태가 정상이라는 진단을 받고 퇴원할 수 있었다. 그러나 그 후에도 여러 번 입원과 퇴원의 반복이었다.

그리고 얼마 후, 남편은 다시 병세가 악화되었다. 숨

을 쉬기 힘들어 했다. 상태가 많이 힘들어졌다. 이제는 남편을 보내기로 결심하고 담임 목사님께 찾아가서 임종 예배를 부탁드렸다. 이제는 가망이 없을 것 같다는 나의 말에, 다음 날 우리 집을 방문하시겠다고 약속하셨다. 목사님은 남편이 응급실에 입원할 때마다 새벽기도를 끝내시고, 일산에서 서울 병원까지 달려오시곤 하셨다.

다음 날 담임목사님과 부목사님들이 우리 집을 방문하셨다. 회의에 가시는 길에 들르셨다며, 10여 명의 목사님들이 숨쉬기 힘들어 하는 남편을 에워싸고 거실에 엎드려 함께 기도하고 예배드렸다. 10여 명의 목회자들이 엎드려 있는 모습은 참 장관이기도 했다. 남편이 천국가는 길에 이렇게 많은 목사님들이 함께 해주시니 정말 감사하였다. 이제 모든 마음의 준비가 되어 있었다.

다음 날, 학교에 있는데 집에서 전화가 왔다. 아빠가 돌아가실 것 같다는 큰딸의 전화였다. 언제나 마음의 준비를 하고 있어서인가 당황함 없이 퇴근 준비를 하였다. 가까이 계신 어머니께 전화로 상황을 알렸다.

"찬송가를 틀고, 조 서방 무릎에 손을 얹고 기도해라."

어머니는 예전부터 남편의 굽어진 무릎을 걱정하셨다. 처음 위기의 시작은 다리를 다치면서였는데, 다른 증세가 심각해서 다리 치료를 받지 못했더니, 무릎이 굽어진 채로였다. 어머니는 그것을 항상 걱정하셨다.

"예전에 어느 집 입관할 때에 보니, 굽어진 무릎을 망치로 펴서 수의를 입히더라. 저 아픈 다리가 펴져야 할 텐데…"

집에 도착하니 상황이 생각보다 심각했다. 남편의 병세는 더욱 악화하였다. 119 구급차를 불렀다. 어머니 말씀대로 찬송가를 틀고 이제 곧 운명할 모양이니, 어머니가 걱정하는 무릎이라도 펴졌으면 하는 바람으로 무릎을 붙들고 기도하고 있었다.

그때 철퍼덕 소리가 났던 것 같다. 용수철이 방바닥에 떨어져 쭈욱 펴졌다가 철컥하며 원상태로 돌아가듯이, 굽어진 무릎이 방바닥에서 쭈욱 펴졌다가 다시 소리를 내며 맞춰졌다. 현실인지 환상인지 몽롱했다. 어안이 벙벙하여 펴진 다리를 쳐다보다가 더 이상 그 상황에 머물 수가 없었다. 그리고는 잊었다. 그 상황을. 남편의 호흡이 가빠왔기 때문이다. 곧 도착한 119 구급차에 실려 병원으로 가고 있었다. 이번에는 정말 남편이 떠나나 보다. 차디찬 그의 손을 잡고 있었다.

병원에 도착하니 주치의 선생님과 모든 분들이 기다리고 있었다. 다시 검사가 시작되었다. 그리고 나는 급히 가족들을 모두 불렀다. 가족들의 결론은 이제 남편의 죽음을 준비하자는 것이었다. 나도 그렇게 하자고 결론 내렸다. 입원과 퇴원을 반복하며 남편을 힘들게 하지 말자.

남편을 큰딸과 간병인에게 맡기고, 다음 날은 헤이리 근처에 있는 기독교 공원묘지를 찾아갔다. 장지를 결정하기 위해서였다. 영하 10도의 날씨였다. 근처에 살고 있던 막내 동생과 함께였다. 고인이 운명하면 사망진단서를 가지고 오라는 약속을 받고 돌아왔다. 또 준비할 것이 무엇인가? 영정사진. 앨범에서 영정사진으로 적당한 사진을 고르고, 그것을 사진관에 맡기고 나는 쓰러졌다. 감기 몸살로 고열이 심했다. 마음이 중심을 잃고 헤매서 그런지, 영하 10도의 날씨가 추워서인지 나는 심한 고열로 꼼짝을 못했다.

3일 후, 병원에 있는 딸이 전화를 했다. 아빠의 병세가 점점 나아진다는 것이었다. 오늘은 일어나셔서 침대에 걸터앉으셨다는 것이었다. 참 믿을 수 없는 일이었다. 부리나케 코트를 걸쳐 입고 병원으로 갔다. 정말 남편은 침대에 걸터앉아 있었다. 내가 놀라서 눈이 휘둥그레 있으니, 침대에서 내려와 나에게로 걸어왔다. 열 발자국만큼 걸었다.

119 구급차에 실려서 병원에 오던 날이 생각났다. 남편의 굽어진 무릎을 붙잡고 기도하다가 일어난 일이 생

각났다. 현실인지 환상인지 어렴풋한데 그의 무릎이 방바닥에 쫙 펴졌다가 철컥하고 맞추어졌었다. 그것은 한순간이었다. 다시 하나님이 축복을 행하셨구나, 이럴 수도 있구나. 할렐루야!

남편은 다시 회복되기 시작하였다. 굽어진 무릎이 나아져서 화장실이나 실내에서 조심스럽게 움직일 수가 있었다. 날씨가 따뜻해지면서는 마두 공원을 휠체어를 타고 산책할 수도 있었다. 체중이 증가되고 다시 건강을 회복하였다. 한 사람에게 계속되는 하나님의 축복이었다.

이것은 많은 분들의 기도 덕분이었다. 옥성석 담임목사님과 부목사님들의 기도, 전도회 권사님들의 기도, 내가 활동하고 있던 솔트-팬 숙명선교회의 기도, 주일학교 고등부 교사들의 기도, 고등부 학생들의 기도 이 모든 분들의 합심기도 덕분이다. 우리의 기도를 들어주시는 하나님은 살아계신다. (2006)

말씀에 순종하면

중문과에서는 2012년 10월 13일 중문과 창립 40주년을 준비하고 있었다. 30주년 행사에 이어 중문과 학생들의 학업을 돕는 장학금 모금 운동을 전개하기로 하였다.

나는 중문과의 최고참 선배로서 제2 창학 운동과 30주년 행사에서 발전기금을 모금한 적이 있었는데, 그것은 항상 큰 어려움을 동반하곤 했다. 기도하지 않으면 끝까지 일을 추진할 수 없음을 알고, 기도로 40주년 행사를 준비했다. 동창회장도 크리스천이라 함께 기도하며 일을 추진할 수 있었던 것이 큰 위로가 되었다. 다행히 기도하고 나면 풍성히 주실 것이라는 확신을 주시니 참 감사했다. 그러나 첫 번째 기 대표 모임을 열고나서 동창회장과 나는 심한 번민에 쌓였다. 아래 기수의 기 대표들이 장학금 모금에 대한 반론을 제기했다. 그들의 반대

이유는 당시의 경제 상황이 좋지 않다는 것, 그동안 있었던 발전기금 모금에 대한 피로감 등이었다. 준비위원장이었던 나는 장학금 모금에 대한 당위성을 설명하며, 지방에서 상경한 훌륭한 인재들이 많은 숙대의 특성과 그들이 비싼 등록금 때문에 아르바이트를 하는 딱한 상황을 호소했다. 기 대표 모임 초반부터 시작된 반대 여론에 동문회장과 나는 숙의 끝에 다시 한 번 기 대표 모임을 가지고 설득을 해본 후 상황을 정리하자고 결정했다.

두 번째 기 대표 모임을 갖고 있는데, 회의 도중에 동창회장이 전화기를 들고 밖으로 나가는 모습이 보였다. 전화를 받고 회의장에 들어온 동창회장이 "캐나다 박○○ 선배님이 전화 하셨는데요, 일을 잘 추진하라고 격려하시네요." 우리는 모두 박수를 쳤다. 비관적이던 분위기는 낙관적으로 바뀌었고, 장학금 모금에 희망을 갖게 되었다. 그녀의 격려 전화는 40주년 행사의 큰 이정표가 되었다.

아래 기수 졸업생들은 갓 취업을 하거나 신혼의 젊은 이들. 티켓 값을 정하는데도 쉽지 않았다. 10만원으로 정하려던 동창회 계획은 실패로 돌아가고 7만원으로 책정 되었다. 장학금 모금은 계속 난항이었다. 그런데 이상한 것은 여기서 그만 둘까 하며 절망에 빠질 즈음이면, 어떤 동문이 거액을 약정해 주고, 또 다시 힘들 때 쯤에는 학과 교수 전원이 모금 운동에 참여하며 장학금 액수가 쭈욱 올라가기도 했다. 고비 고비 하나님이 힘을 주시며 도와 주셨다. 그러나 난항은 계속 되었다.

나는 기도하며 간절히 원하는 것에 대하여, 하나님이 말씀으로 응답하신 경우가 여러 번 있었다. 그때 기도하던 나에게 하나님이 주신 말씀은,

"나를 따라 오라. 내가 너희를 사람을 낚는 어부가 되게 하리라"(마 4:19)

말씀을 묵상하면서, 나는 하나님의 뜻을 알 수 있었다. 예수님은 '나를 따라 오라' 그러면 '사람을 낚는 어부가 되리라'고 하셨다. 예수님을 잘 따르는 자가 사람을 낚는 어부가 된다는 것이었다. 예수님을 따른다는 것은 좁지만 생명이 있는 십자가의 길을 걷는 것이었다. 말씀에 순종하는 것은 쉬운 일이 아니었다. 그것은 항상 가던 길과 정반대되는 길이었기 때문이다. 그러나 나는 그 길이 항상 하나님 뜻이었고, 형통하는 길이었음을 경험적으로 알고 있었다. 나는 사람을 낚는 십자가의 길을 가야지, 돈을 낚는 어부가 되어서는 안 되었다.

동창회 임원회의를 개최하고, 장학금 모금을 중단하고 40주년 행사만을 치루기로 했다. 마음이 편했다. 티켓 값이 없어도 좋으니 되도록 많은 동문들이 함께 모이는 것이 중요하다고 기 대표들을 설득하였다. 30년 교수 생활 가운데 내 평생의 재산은 후배와 제자들이었다. 정말 소중한 사람들이었다. 그들과 행복하게 40주년을 축하하며 기뻐하기로 했다.

40주년 행사 며칠 전 기도하는데 마음이 무척 힘들었다. 뭔가 잘 끝날 것 같지 않은 불안감이 다가 왔다. 그러나 기도하고 나니 그 불안감이 흔적도 없이 사라졌다. 그리고 그 날 저녁 걸려온 동창회 총무의 전화가 아직도 귓가에 생생하다. "선배님, 오늘만 돈이 천여만 원이 입금되었어요. 티켓 값이 아니라, 백만 원씩 보내는 동문들이 꽤 되네요." 그 후 매일 매일 물밀듯이 다가오던 성금. 늘어나는 참석 인원들. 많은 액수의 돈을 모금하였고, 행사 비용을 빼고 거액을 장학금으로 기탁하였다. 행사 당일에도 장학금을 기탁하는 동문들이 있었고, 외국에서 행사에 참여하기 위해 귀국한 동문들이 많았다. 모두 185명이 참여하였다. 30주년 때 모금한 성금과 함께 매학기 2명씩 장학금을 수여하게 되었다. 이 모든 일을 이루신 것은 하나님이셨다. 할렐루야! (2013)

오병이어의 기적

"여기 한 아이가 있어 보리떡 다섯 개와 물고기 두 마리를 가졌나이다 그러나 그것이 이 많은 사람에게 얼마나 되겠삽나이까 예수께서 가라사대 이 사람들로 앉게 하라 하신대 그 곳에 잔디가 많은지라 사람들이 앉으니 수효가 오천쯤 되더라 예수께서 떡을 가져 축사하신 후에 앉은 자들에게 나눠 주시고 고기도 그렇게 저희의 원대로 주시다… 이에 거두니 보리떡 다섯 개로 먹고 남은 조각이 열 두 바구니에 찼더라"(요 6:9~13)

솔트-팬 숙명선교회는 작년에 35주년을 맞이했다. 1979년 음대 동문 6인(김정자 회장님 외 5인)이 모여 숙명복음화를 위한 첫 기도회를 드리고 매월 정기 기도회를 가질 것을 결의함으로 시작되었다.

처음에는 글로리아 선교회로 시작하였고, 1986년 3대 김정자 회장님 시절부터는 학교 정문 옆 화빌딩 회관을 마련하여 숙명선교회로 새롭게 시작하였으며, 2001년에는 사단법인 솔트–팬으로 거듭났다. 숙명 기독 동문 모임이지만 숙대를 뛰어넘어 좀 더 하나님 사업을 효과적으로 사역하기 위하여 확장되었다.

30주년 때부터 선배들로 하여금 솔트–팬의 역사를 정리해보라는 권유를 받았으나 엄두도 못 내고 있던 차에, 35년조차 넘기게 되면 역사 서술이 힘들겠다는 생각이 들었다.

솔트–팬 회관 창고에 가면 책꽂이 3개를 가득 채운 35년의 역사 기록들이 남아있다. 특히 초반의 자료들은 대개가 수기手記로 이루어져 있었고, 이제 그것은 잉크가 날라 가고 종이가 부스러지는 지경이 되었다. 또한 선배님들의 연세가 자꾸 깊어지니 육성의 기록도 시급한 입장이었다.

솔트–팬 숙명선교회는 1979년 첫 기도회부터 지금까지 숙명 복음화를 위한 중보기도가 큰 사명이었다. 매주 토요일이면 솔트–팬 회관에 모여 세계평화와 교회를 위하여, 국가와 민족을 위하여, 숙명여대를 위하여, 솔트–팬을 위하여, 그리고 숙명 출신 선교사들을 위하여 기도 한다. 줄기차게 35년의 기도를 쌓아왔다. 우리는 특히 학교의 기도제목이 무엇인가를 잘 살펴 그것을 위하여 기도하고 있다. 수 없는 기도 응답을 경험하였다.

솔트-팬 35년 역사를 기록하면서 특별히 소개하고 싶은 것은 교문에 새겨진 성경 말씀들이다. 35년사 원고를 출판사에 넘기고 난 후 출판사에서 연락이 왔다. 바로 35년 역사의 대표적인 사진 한 장을 부탁한다는 연락이었다. 고심한 끝에 우리는 남문 수위실 교문에 새겨져 있던 (지금의 행정관 건물) 여호수아 1장 9절 말씀의 사진을 택했다. 이 교문의 말씀은 현재 솔트-팬 고문으로 계시지만 당시 총동문회장이셨던 이상숙 고문이 희사한 금액으로 세워진 교문이었다. 그래서 솔트-팬의 큰 자랑이기도 했다. 한국에서 교문에 말씀이 새겨진 학교는 숙대 밖에 없다는 것이 우리 크리스천 숙명 가족들에게 얼마나 큰 축복인가.

또 하나 소개하고 싶은 것은 이경숙 총장님 재직 기간이던 시기의 제2 창학 운동과 솔트-팬의 중보기도이다. 숙명인 사랑의 기도운동이 1990년 시작되었고, 다시 1997년에 2차로 숙명인 사랑의 기도운동이 이어서 펼쳐졌다. 또한 1994년에 있었던 '땅 밟기 여리고 기도' 작전으로 제2 창학 캠퍼스의 학교부지가 조성되었다. '등록금 한번 더 내기 운동'에서의 숙명선교회 회원들이 중보기도로 이루어낸 숙명여대의 놀라운 발전은 지금도 중보기도 무용담처럼 솔트-팬의 전설이 되어 내려오고 있다.

제2 창학 캠퍼스 예정지인 B지구에 매주 토요일 숙명선교회 회원들은 중보기도 후에도 B지구 땅 밟기를 하며 기도하였다. 길 조차 없는 가시덤불을 헤치고 손에 손을 잡고 동그랗게 모여 공원용지인 B지구 4,500평을 해체하여 학교부지로 조성해주길 하나님께 기도하였다. 그리하여 천신만고 끝에 공원용지가 해제되는 놀라운 기적을 맛보게 되었다. 지금의 제2 창학 캠퍼스가 바로 기도응답의 증거이다.

또한 1995년 2월에는 제2 창학을 위한 '등록금 한번 더 내기 운동'에 50일 한끼 금식기도로 동참하였다. '등록금 한번 더 내기 운동'이라는 캐치 프레이즈는 숙명선교회 회원들이 함께 새벽기도를 하며 짜낸 아이디어라고 한다. 바로 하나님이 주신 아이디어였다. 선배님들의 회고에 의하면 "그때 우리는 서 있으면 서 있는대로, 앉아 있으면 앉아 있는대로 모이기만 하면 기도했어.", "새벽기도, 철야기도, 금식기도 또 산 기도를 그렇게 많이 다녔어." 숙명을 위한 선배님들의 빛도 없이 이름도 없이 드린 간절한 기도 35년.

35년 출간 이후, 저는 35년 역사를 도표로 그려보았다. 일직선상에 역사를 기록해보았는데 1995년 바로 전에 일군의 많은 기도운동이 기록되어 있었다. 눈만 감으면 그 도표가 확연했다. 하나님께서 솔트-팬 35년 역사를 정리한 저에게 주신 음성 같았다.

"기도해라. 너희들 기도가 차면 숙명은 다시 비상한다"라는 듯이.

우리에게 남겨진 과제이다. 이제 시작하는 것 같다. 캠퍼스 이곳저곳에서 예배가 있고, 우리의 기도가 쌓이면, 숙명은 다시 새로운 도전과 확장의 시기로 접어들 것이다. 그것은 우리 무릎에 달려있다.

앞에서 제가 솔트-팬 역사를 정리하게 된 동기를 밝힌 바 있다. 자료가 너무 낡아 유실될 위기에 처했고 선배님들이 연로하셔서 서두르는 마음이 있었다. 2014년 3월부터 기획하고 시작했으나, 여름방학이 지나가는 시점인데도 정리는 요원했다. 방학동안 논문을 쓰면서 35년사 정리에 매달렸기 때문에 두 개가 모두 마무리가 되지 않는 불행이 연출되었다. 그때 나에게는 논문과 35년사 정리, 그리고 4개의 프로젝트까지 있었다. 거기에다가 35년사 발간비용에 대한 예산과 실지 출판비용 사이에 엄청난 차이가 났다. 엎친 데 덮친 격으로 꼼짝없이 35년사 발간을 재고해보아야 하는 시점이었다.

그러나, 나는 논문을 포기했다. 논문은 다음 학기에 완성하기로 했으나, 연구비는 반납해야 하는 상황이었다. 정말 연구비 반납은 그 상황에서 가장 쉬운 포기였다. 개학을 앞둔 8월 30일 새벽기도에서 나는 바닥난 체력과 진전 없이 끌려가는 모든 과제들, 그리고 출판비용 등으로 여기에서 모든 것을 접어야 하나? 라며 하나님께 물었다. 그리고 기도가 끝날 무렵 한 무더기의 돈더미 환상을 보았다. "내 돈이다"라는 소리가 들렸다. 하나님은 돈이 참 많으셨다. 지금 생각하면 이때부터 하나님이 출현하셔서 35년사 발간문제를 친히 해결하셨다. 그 후에 나는 출간비용 걱정이 감쪽같이 사라졌다.

그리고 어느 날 출근한 후, 연구실에 앉아 있는데 20분 동안 4통의 전화가 왔다. 전화의 내용은 바로 나의 프로젝트 4개가 취소되는 기적적인 통보였다. 나에게 남은 것은 오직 35년사를 발간하는 일 뿐이었다. 하나님이 하신 일이었다. 하나님께서 35년사 발간을 원하시는 것을 알 수 있었다.

그 후 바닥난 체력으로 어찌 어찌 해서 35년사 원고는 정리되어 가고, 출판사를 선정하고 견적서를 받아보니 출판비용은 예산 금액의 3배가량 되었다. 사진이 많이 들어가기 때문이었다. 난감하였다. 그래서 현재 상황을 정리하여 솔트-팬 선후배에게 서신을 보냈다. 그러한지 일주일 만에 천여만 원이 모두 모금되었다. 돈이 많으시고 멋진 분이신 주님께서 주님의 역사를 정리하여 발간하는 일에 돈을 아끼시겠습니까? 아낌없이 주시더라구요.

논문을 미루고 연구비를 반납하기로 결정한 것은 8월 말이었고 정작 연구비 반납은 2월에 이루어졌다. 연구비 반납 통보를 받고 통장에서 거금의 돈을 송금해야 했다. 순간 나는 내가 인생을 잘못 살고 있는지도 모른다는 후회를 했다. 이는 마귀였다. 즉각 회개하고 돈을 송금하려는데 '네가 받은 게 얼마나 많은지 아느냐?' 저 뱃속 깊은 곳에서 들리던 음성이 들렸다. 정말 많았다. 35년사 출판비용은 반납하는 연구비보다 훨씬 많은 액수였다. 그런데 다시 들리던 음성. '더 있다'라는 것이었다.

2주 전쯤 OT를 끝내고 집에 도착하니 둘째 딸이 무슨 종이를 들고 서있는데 손이 덜덜 떨리는 듯 했다. 철없는 딸에게서 보여진 긴장한 모습이 참 낯설었다.

"장학금을 받았어요. 그런데 액수가 너무 많아 셀 수가 없어요."

내가 연필을 들고 계산을 했다. 달러이기 때문에 환율까지 계산하자니 복잡하고 놀라서 저 역시 연필을 내던졌다. 어안이 벙벙하여 이게 꿈은 아닌가 하는 생각에 새벽까지 잠을 이루지 못하였다. 확실한 것은 하나님이 주셨다는 것이다.

"엄마 하나님이 주셨어요."

딸과 나는 무릎을 꿇고 하나님께 감사의 기도를 드렸다. 그런데 일주일 후, 또 다시 장학금 통보를 받았다. 장학금을 더 주겠다는 것이다. 하나님이 주시는 장학금 폭탄. 장학금 벼락. 그게 일주일 전이었다. 울고불고 감사기도 드렸던 것이 2주 전쯤인데 저는 그것을 까마득하게 잊어버리고 반납하는 연구비가 아까워 주저주저 했다.

한 아이가 드린 보리떡 다섯 개와 물고기 두 마리로 5,000명이 먹고 남은 조각이 열 두 바구니에 찼다는 기적. 제가 연구비를 하나님 앞에 내놓고 나서 모든 일은 시작되었다. 내가 나의 것을 내어놓았을 때 오병이어의 기적은 시작되었다. 그때부터 주님은 35년사를 정리하는 모든 문제를 해결하시고, 저에게는 생각지도 않은 축복을 주셨다.

우리가 하나님 일을 할 때 힘들고 지치고 괴로운 일들

을 당하기도 한다. 그러나 하나님은 우리의 일 거수 일투족을 지켜보고 계신다. 우리의 기도 한마디 한마디를 다 듣고 계신다. 언젠가는 일괄 계산하여 큰 은혜를 주시는 분이시다.

여러분들에게 하나님의 크신 은혜가 함께 하시길 빕니다. 감사합니다. (2016)

그리스, 터키 성지순례를 다녀와서

내가 소속되어 활동하고 있는 숙명선교회에서는 여름
방학을 이용하여 그리스 터키 성지순례를 계획하고 있었
다. 성지순례 일정은 8박 9일이었으며, 그리스 아테네
와 고린도지역 그리고 터키에서는 요한계시록에 나오는
7대 교회를 순례하고 또 데린쿠유 지하교회와 이스탄불
을 방문하는 일정이었다.

성경 속에서 읽었던 사도바울의 전도지역을 내 발로
직접 밟는다는 것과 요한계시록에서 보이던 7대 교회의
흔적을 확인해 볼 수 있다는 사실이 말할 수 없이 흥분되
었다. 또한 이번 그리스 터키 성지순례를 계기로 내 믿
음이 성장되고 하나님께 좀 더 다가갈 수 있기를 간절히
소망하고 있었다. 여러 곳을 순례하면서 특히 인상 깊었
던 곳은 서머나 교회와 라오디게아 교회 그리고 데린쿠

유 지하교회였다.

라오디게아 교회는 석회 온천으로 유명한 파묵칼레 근처에 있었다. 예수님으로부터 책망 받은 교회였는데, 직접 라오디게아 교회 유적지 앞에 서니 그 이유를 알 수가 있었다. 히에라볼의 온천수가 7km 수로를 따라 라오디게아에 도착하면 뜨겁지도 차지도 않은 35℃의 온천수가 있었다. 그래서 예수님께서는 이 도시의 특성에 빗대어 뜨겁지도 차지도 않은 영적으로 가난한 교회라고 책망하였던 것이다. 그런 라오디게아 교회의 모습은 내 믿음의 모습과 흡사했다. 뜨겁지도 차지도 않고 뜨거웠다가 식기도 잘하는 영적으로 가난한 모습이 바로 나였다.

그 다음으로 인상적인 것은 서머나 교회였다. 이 교회는 예수님으로부터 칭찬을 받은 교회였으며, 이 교회의 감독이었던 폴리캅은 총독으로부터 예수를 부인할 것을 강요당하지만 "나를 구원해주신 나의 왕을 모독할 수 있겠소?"라고 하여 기꺼이 순교를 택했던 교회였다. 폴리캅이 화형을 당하는 성화를 보았는데, 그 모습이 말할 수 없이 평화스러웠다. 또한 예수님이 서머나 교회에 주신 "네가 죽도록 충성하라 그리하면 내가 생명의 면류관을 네게 주리라"(계 2:10)는 말씀이 내 마음 속에 깊은 감동을 주었다.

살구빛 오후

일요일에는 목사님을 모시고 성찬예배를 드렸다. 예배를 시작하면서 쏟아지기 시작한 눈물은 멈출 수가 없었다. 내 약한 믿음에 대한 회개 때문인가? 내가 붙잡고 달려가고 싶은 폴리캅의 충성심 때문인가? 눈물로 성찬예배를 드렸다. 아침식사 후에는 갑바도기아 지방의 지하 교회를 방문했다. 초대 교인들이 기독교도에 대한 박해를 피하여 지하 120m까지 파고 들어가 피신하였던 곳이다. 터키는 이슬람교를 믿기 때문에 찬송가를 맘껏 부를 수가 없었다. 그러나 우리 일행은 찬송가 383장을 금붕어 입으로 숨죽여 불렀다. "환난과 핍박 중에도 성도는 믿음 지켰네" 소리 내어 부를 수 없는 찬송가를 부르며 엎드려 울었더니 눈이 퉁퉁 부었다. 내 마음 속이 예수님으로 꽉 차여져 왔다.

하나님이 동행하시고 내가 사랑하는 사람들과의 여행이 이렇게도 즐겁구나 하는 뿌듯함은 코발트빛 에게해보다 더욱 선명하게 지금 내 마음 속에 남아있다. (2005)

러시아 블라디보스톡과 바이칼 선교여행

숙명선교회에서는 2004년 터키 그리스 성지순례에 이어서 2005년에는 러시아 블라디보스톡과 바이칼 선교여행을 계획하였다. 선교여행 기간은 8월 3일부터 10일까지였으며, 선교 여행지는 블라디보스톡 우스리스크 이르크츠크 바이칼 호수 알혼 섬이었다. 일행은 김명선 회장님을 모시고 16명이 참가하였다.

8월 3일 오후 1시 30분 인천공항 G카운터 앞에 일행이 속속 도착하였다. 예전의 여행과 다른 점은 개인 짐 외에 선교사들께 전할 선교 물품이 한쪽 구석을 차지하고 있는 것이었다. 그동안 기도하며 준비한 러시아 선교여행을 드디어 실감하게 되었다.

2시간의 시차를 뛰어 넘어 저녁 10시에 블라디보스톡에 도착하였다. 군사 군항 요충지요, 독립운동의 발상지요, 독립운동의 3대 성지 중에 하나인 블라디보스톡은 밤안개에 젖어 있었다. 김기남 선교사의 안내로 블라디보스톡 시내를 지나 국제학교에 도착하였다. 블라디보스톡 시내에서는 현대호텔도 보았고, 공항에서는 현대 중고차들을 많이 보았다. 새삼 세계 속에 한국의 모습을 실감하였다. 국제학교에 도착하여 사역자들과 인사를 교환하였다. 국제학교는 남서울 은혜교회 홍정길 목사님이 세우신 것으로, 현재 러시아 학교 건립을 추진하고 있으며 북한 사역도 감당하고 있음을 알게 되었다.

다음날 우리는 김기남 선교사의 안내로 우스리스크로 향했다. 우스리스크로 향하는 길가에는 나무가 무성하였다. 러시아는 나무만 잘라 먹고 살아도 100년은 먹고 산다는 이야기가 생각났다. 지평선은 계속되었다. 이 땅에서는 기름까지 생산된다니… 자원의 풍부함이 내심 부럽기도 하였다. 정주영 현대그룹 회장이 생전에 러시아 유전을 북한을 통과하여 한국으로 연결시키겠다는 계획이 생각나기도 하였다.

우스리스크는 일주일에 4번 북한열차가 도착하는 철도역이 있고, 러시아 횡단열차가 우스리스크에서 시작하여 모스크바까지 이어진다. 아무튼 궁금했던 우스리스크역에 도착하여 우리 모두 사진 찍기에 바빴다. 열차가 도착하면 혹시 북한 열차인가 힐끔 힐끔 창 쪽을 바라보기도 하였다.

다음으로 우리는 '사랑의 빛 교회'를 방문하였다. 미국 LA의 '사랑의 빛 교회'에서 파송한 박광정 선교사가 교회 소개를 하였다. 우스리스크에 거주하는 조선족이 많이 출석하며, 새벽기도에는 매일 10여 명이 참석하고, 한 달에 한 번 조선족 교회, 러시아 교회, 한국 교회가 연합예배를 드릴 때에는 250명이 모인다고 하였다. 또한 교회 근처 러시아인들은 물이 귀하여 샤워를 못하는데, 샤워실을 월요일에는 여자들, 목요일에는 남자들에게 개방하여 교회가 지역사회를 섬기며, 그리하여 많은 러시아인들이 교회에 드나들게 되었고, 그 가운데 주님을 만날 수 있도록 한다는 이야기를 들었다. 머나먼 이국 땅 러시아에서도 하나님의 복음 증거 사역은 끊임없이 이어지고 있구나 생각하니 가슴이 뜨거워졌다. 선교헌금도 하고, 교회와 박광정 선교사를 위한 통성기도도 하고, 찬송가 400장 "주의 진리 위해 십자가 군기 하늘 높이 쳐들고, 주의 군사 되어 용맹스럽게 찬송하며 나가세 나가세 나가세 주 예수만을 위하여, 목숨까지도 바치고 싸움터로 나가세" 찬송을 했는데, 콧물과 눈물이 범

벽이 되었다. 선교 사역의 현장은 감동스러웠다.

오후에는 '리콜스키 교회'를 방문하였다. 70년 전에 한국 선교사가 지었고, 지금은 현지 고려인 이글 목사가 교회를 맡고 있었다. 북한 기도와 북한 사역을 담당하고 있었다. 북한 지도를 붙여놓고 북한 기도를 하는 것이 특이하였고, 북한사역은 북한 비전 트립, 풍선 사역, 역전 사역 등 여러 가지였다. 역전 사역은 일주일에 4번씩 북한에서 우스리스크역에 도착하는 북한 노동자 30~50명의 밥과 반찬을 준비하여 그들을 섬기는 것을 말하는 것이다. 북한 노동자들은 3일 전에 북한을 출발하여 우스리스크역에 도착하는데, 떠날 때 싸온 도시락이 모두 시어서 못 먹는다는 것이다. 이글 목사님은 그들에게 밥을 퍼주고 있다. 그리고 북한 노동자 봉급이 3달러이기 때문에 러시아에서 화장실에 가기 위한 3루불이 부족한 것을 알고 화장실 비용을 배부한다. 그들은 이러한 대접을 이해할 수 없어서, 이글 목사님에게 "왜 우리에게 이런 선행을 베푸는가"고 묻는다는 것이다. "하나님이 여러분을 사랑하시기 때문에 여기에 하나님 사랑을 표현하러 왔노라" 이글 목사님의 답변이다. 우리는 이글 목사님의 사역 보고가 있을 때마다 탄성을 발했다. 우리가 떠나면서 앞다투어 목사님과 사진을 찍으려고 할 때, 목사님의 얼굴에 일순간 웃음이 비쳤다.

　다음날 바이칼 호수를 가기 위하여 이르크츠크로 향했다. 버스 속에서 김기남 선교사는 러시아어를 배우는 고충을 이야기하였다. 그는 언어를 배우는 것은 순교라고까지 이야기하였다. "둘을 배우니 하나를 잊어버리고, 그래도 하나가 남았으니 하나님 은혜라. 하늘을 보아도 선생님이요, 땅을 보아도 선생님이요, 광고판을 보아도 선생님이다" 김기남 선교사가 읊은 시이다. 복음의 씨앗이 뿌리 내리는 선교 현장의 선교는 선교 보고가 아니라 선교의 실전이었다.

　우스리스크에서 비행기를 타고 이르크츠크에 도착하였다. 이르크츠크는 시베리아의 남쪽에 위치하며, 유럽과 아시아 지역을 연결시키는 지정학적 위치로 인하여 무역의 중심지가 되었으며, 시베리아의 교통 행정 경제 문화 교육의 중심지이다. 시베리아의 파리라는 별명을 가진 도시이기도 하였다. 〈시베리아의 사랑〉이라는 영화의 배경 도시이기도 하였다. 1661년에는 이르크츠크 수용소가 세워졌으며, 모스크바에서 정치범들이 시베리아 유형지인 이곳으로 추방되기도 하였다. 이광수의 『무정』에 나오는 주인공 안빈은 비련을 극복하기 위하여 러시아 바이칼 호수로 떠나는 것이 마지막 장면이다. 아마도 시베리아 유형지 바이칼 호수에 자신을 유배시키기 위하여, 이르크츠크에서 열차를 내렸을 것이다.

성광호 선교사의 안내로 바이칼 호수를 향해 떠났다. 바이칼로 가는 길은 줄기가 하얀 자작나무 숲이 빼곡하였다. 그리고 자작나무는 벌써 단풍이 들기 시작했으며, 숲은 끝이 보이지 않은 채 계속되었다. 담수량이 세계 최고라는 바이칼 호수는 수평선이 보이는 호수로 거룩하고 풍부하게 물을 담고 있었다. 바이칼 호수는 하늘과 맞닿아 있었다. 바이칼 호수에서는 유람선이 없어서 고깃배를 1,700루불에 전세 내어 유람하였다. 달려도 달려도 끝없는 수평선을 바라보며 하나님이 지으신 아름다운 경치를 찬양하였다. 바이칼의 어마어마한 담수량은 풍부하게 차고 넘치니 말로 형용할 수 없는 하나님의 사랑에나 비견해볼까? 나는 고깃배 위에서 차고 넘치는 바이칼 호수의 물을 바라보며, 바이칼 호수의 담수량 만큼 하나님의 사랑을 품고 살 수 없을까 생각했다. 바이칼 호수의 풍부한 담수량은 오래 기억에 남는다. 오물이라는 생선을 사서 욜러치카 통나무집으로 돌아왔다. 통나무집 거실에 모여 성광호 선교사댁 김치와 맛있는 밥을 먹었다.

다음날은 바이칼 호수의 아름다운 섬 알혼 섬을 향하여 떠났다. 이 섬은 징기스칸이 묻혔다는 전설이 있는 섬이었다. 알혼 섬으로 가는 길 역시 무성한 나무숲이 이어졌다. 전나무 숲과 자작나무 숲을 지나고 다시 지나서, 차로 5시간 이상을 달렸다. 시베리아 평야는 계속되었다. 이곳이 유형지이구나. 겨울에 이곳에 눈이 내리면, 이 눈 덮인 시베리아 벌판에서는 죄수가 탈옥을 해도 갈 데가 없을 것 같다. 알혼 섬에 도착하니 산등성이의 나무마다, 성황당에서나 볼 수 있었던 산제사의 흔적인 헝겊들이 걸려 있었다. 아! 이것들이 무엇인가? 알고 보니 이곳에서 바로 전에 '세계 무당대회'가 열렸다는 것이다.

우리는 숙소에 짐을 풀고 알혼 섬의 가장 높은 언덕에 올라가 손을 들고 하나님의 영광이 이 섬에 임재하기를 큰 소리로 기도하였다. 언덕에서 내려다보이는 호수의 물은 정말 맑았다. 그래서 우리는 준비해온 수영복을 들고 해변으로 내려갔다. 박순희 권사님, 김초일 권사님, 계영애 권사님, 원재순 권사님까지 날렵한 수영복 몸매를 자랑하시며 바이칼에 몸을 담그고 계셨다. 수영실력들도 상당하셔서 물살을 가르며 수영하시는 폼이 아름다웠다. 나는 열심히 선배님들의 수영복 몸매를 비디오에 담고 있었다.

그런데 이것이 어찌된 일인가. 원 권사님이 점점 배영으로 호수 안쪽으로 들어가고 있었다. 허우적이는 손도 보였다. 우리는 원 권사님 이름을 부르며 소리를 질렀지만 상황은 급박했다. 순간적이었지만 우리는 해변가에 무릎을 꿇고 하나님을 불렀다. 선교여행을 와서 불행한 일을 당하면 우리 모두 시험에 들텐데 어쩌나 그런 걱정이 앞섰다. 혼비백산의 순간이 지나고 하나님은 모든 상황을 수습해 주셨다. 멀리 있던 러시아인이 와서 원 권사님을 구출해 주신 것이다. 모두 하나님께 감사드렸다. 선교회에 남아계신 분들의 중보기도와 각 교회에서 우리를 위해 기도하고 있음을 영적으로 느낄 수 있었다.

다음날 우리의 마음은 빨리 알혼 섬을 떠나고 싶은 마음뿐이었다. 알혼 섬에 득실거리는 사탄의 공격이 느껴졌다. 깨어서 기도하고 있어야함을 절감했다. 선교여행은 더욱 더 영적 무장이 중요함을 이번 기회에 경험하였다. 알혼 섬에서 다시 이르크츠크로 돌아와서 성광호 선교사님의 사역지인 호스피스 병동에서 찬양을 하며 환자들을 위로하였다. 많은 환자들이 중환자였고, 죽음을 앞둔 분들이라서인지 우리들의 찬양을 은혜롭게 받아 들였다.

그곳에서 몇 분의 고려인을 만날 수 있었는데, 특히 두 다리를 모두 잃고, 휠체어에 앉아 있던 그 고려인은 지금도 잊을 수 없다. 러시아 각지에 흩어져 있는 고려인들의 힘든 생활을 목격한 것도 이번 여행의 큰 성과였으며, 선교회의 중보기도 제목이 하나 더 첨가되었다. 싼 비행기를 타느라고 우리는 저녁 12시가 넘는 블라디보스톡행 비행기를 탔다. 이곳에서 만난 선교사들이 한 분 한 분 생각이 났다. 대부분 연세가 지긋하신 분들로서 인생의 황혼을 하나님을 위하여 사역하시는 분들이었다. 아름다운 황혼의 모습이었다. 꿈이 있는 자는 확실히 젊은 것일까? 그들의 활기찬 모습이 인상 깊다. 인생의 후반전을 어떻게 보내야 할까? 여러 가지 도전을 받았던 러시아 선교 여행이었다. (2006)